Pink

Angie Westhoff studierte Germanistik und Geschichte in München. Der Stadt ist sie bis heute treu geblieben, sie arbeitet dort in der Lehrerfortbildung und als Autorin. Leidenschaftlich gern schreibt sie Kinder- und Jugendbücher.

Angie Westhoff

Rock-prinzessin

PINK • Ein Imprint von Oetinger Taschenbuch

Außerdem von Angie Westhoff bei **PINK** erschienen:

Der geheime Club

PINKpressum

PINK • Ein Imprint von Oetinger Taschenbuch

Sonderausgabe
1. Auflage 2016

Oetinger Taschenbuch GmbH, Hamburg
Mai 2016

Druck: GGP Media GmbH, Pößneck
ISBN 978-3-86430-057-8

FSC www.fsc.org
MIX
Papier aus verantwortungsvollen Quellen
FSC® C014496

www.oetinger-taschenbuch.de

»Was wir gemeinsam gespielt haben,
das muss irgendwo in der Luft schweben.
Denn dorthin haben wir's geblasen.«

MILES DAVIS, JAZZMUSIKER

01

ES WURDE LANGSAM DUNKEL, und der Regen prasselte in sanftem Takt auf unsere Schirme. Sam hatte sich bei mir untergehakt und schleifte mich zielstrebig die Kastanienallee hinauf. »Es ist nicht nur eine Tanzperformance. Da gibt es drei Saxofonisten, die das Ganze begleiten«, sagte sie. »**Absolut spitze**, glaub mir!«

Natürlich glaubte ich ihr. Denn erstens war Sam meine beste Freundin, und besten Freundinnen glaubte man meistens. Und zweitens strotzte Sam nur so von Einfällen und war ein bisschen verrückt, aber sie sagte immer die Wahrheit. Und das war das Schöne an ihr.

Ich hatte noch nie davon gehört, dass gute Saxofonisten modernen Tanz begleiteten. Die wirklich guten trafen sich in düsteren Kellern oder heruntergekommenen Musikklubs und spielten, bis der Putz von der Decke fiel. Zu den traurig wehklagenden Tönen eines Saxofons und den plötzlichen Improvisationen passte kein einstudierter Tanz. Aber wenn Sam behauptete, dass es so etwas gab, dann stimmte es wohl.

Sie stöckelte über den rutschigen Asphalt und klammerte sich noch fester an mich. »Eigentlich blöd, dass ich hochhackige Schuhe cool finde«, sagte sie und schüttelte den Kopf. »Bei diesem Regen sind sie die reinste Katastrophe.«

Und auch das war typisch Sam. In deutlicher Klarheit erkannte sie die Vor- und Nachteile einer Sache. Aber an ihrem Verhalten änderte das nichts. Sie würde in solchen Schuhen wahrscheinlich noch als Oma herumstöckeln und sich über ihre Hühneraugen beklagen.

Ich selbst trug Turnschuhe, zerrissene Jeans und mein Hawk-Shirt. Das war ein T-Shirt mit dem Bild von Coleman Hawkins, meinem Lieblings-Saxofonisten. Papa hatte es mir letzten Sommer aus New York mitgebracht, und in spätestens einem Jahr würde es vermutlich nicht mehr passen. Seitdem betete ich jeden Morgen darum, nicht zu schnell zu wachsen, aber die Chancen standen schlecht. Ich war knappe dreizehn Jahre alt, und da konnte noch so einiges passieren.

Grau und nebelverhangen lag die Kastanienallee vor uns, und wir kämpften uns durch den Regen, marschierten an kleinen Cafés und Dönerbuden vorbei, und der schwache Geruch von Kohleöfen lag in der Luft. Der Herbst kam schnell und frostig. Die Straßenbahnen, die an uns vorbeistampften, waren voll besetzt, ihre Scheiben beschlagen, und über den kleinen Geschäften links und rechts sprangen die Neonbeleuchtungen an. Ich hatte mein ganzes Leben in Berlin verbracht und mir nicht eine Sekunde gewünscht, woanders zu wohnen.

»Wo auch?«, hatte Sam gefragt. »Wären wir in Amerika, würden wir in New Orleans oder New York wohnen. Allein schon wegen der Musik. Aber wir leben in Deutschland. Und da kommt einfach nichts infrage – außer Berlin natürlich.«

Und damit war alles gesagt. Wir liebten unsere Stadt wie keine andere, und in diesem Punkt waren wir uns absolut einig. Allerdings waren wir uns in den meisten Punkten einig, wie das bei besten Freundinnen eben ist.

Nach einer guten Viertelstunde hatten wir unser Ziel erreicht und blieben vor einer riesigen Einfahrt stehen. Über dem Tor hing ein Schild, weiße Schrift auf schwarzem Grund: *Studios Dock 11* stand darauf. Schnell schlüpften wir unter dem Torbogen ins Trockene, schlossen unsere Schirme und schüttelten die Nässe aus unseren Haaren. Verstohlen sah ich mich um: Die Wände der Toreinfahrt waren rußig und ziemlich verdreckt, mit Graffiti und Sprüchen drauf. Überall klebten Plakate, aber die meisten waren alt und hingen längst in Fetzen. Die Sprüche dagegen waren voll tiefschürfender Weisheit:

Arbeite nie!

Jungs, ich bin Captain Jack Sparrow!

Freiheit für Homer Simpson und das Privatfernsehen!

Sam grinste schief, und wir zogen weiter, durch einen Hinterhof zum Rückgebäude. Es war ein heruntergekommenes Haus, dessen Wände schon lange keine frische Farbe mehr gesehen hatten. Und auch das Treppenhaus sah aus, als wäre es eine Befestigungsanlage aus der Vorkriegszeit. Um das Geländer war Stacheldraht gewickelt, und der unverputzte Beton war gezeichnet von Wasserschäden und Schimmel. Seltsamerweise fühlte ich mich in Gebäuden wie diesem immer wohl. Ich mochte die Schlichtheit solcher Häuser und den feuchten Schwamm in den Wänden, der nach Kartoffelsuppe roch.

Das Studio lag im vierten Stock, und als wir oben ankamen, waren wir ganz schön außer Puste.

»Den Stadtmarathon gewinnt ihr so aber nicht«, sagte ein schlaksiger Typ mit Nickelbrille. Er stand am Eingang des Studios und geizte anscheinend nicht mit Sprüchen.

»Wollen wir auch nicht«, konterte Sam. »Hauptsache, wir kommen an dir vorbei.«

»Drei Euro für jede, und ihr habt es geschafft«, sagte der Typ und deutete auf die Metallbox, die vor ihm auf dem Tisch stand.

»Hoffentlich bekommen wir dafür etwas mehr geboten als dich«, erwiderte Sam, und der Junge lachte. »Aber hallo, das wird der Hammer, ihr werdet schon sehen!«

Der Typ behielt recht, es wurde tatsächlich ein ganz toller Abend. Mit drei Saxofonisten und fünf Tänzern, die eine Performance hinlegten, wie ich es noch nie gesehen hatte. Sie waren schwarz gekleidet, und was sie zeigten, erinnerte mich an Abschiedsszenen aus großen Filmen, aber das war nur so ein Eindruck, und ich wusste nicht, ob ich damit richtiglag. Denn Tanz war eigentlich nicht mein Ding. Sam und ich waren ausschließlich wegen der Saxofonisten hier.

Natürlich, denn wir gingen überallhin, wo Saxofonisten spielten, die wir noch nicht kannten. Weil wir nämlich selbst spielten. Und zwar leidenschaftlich.

Sam und ich wohnten im gleichen Haus und kannten uns von klein auf. Wir waren befreundet, unsere Eltern auch, und deshalb war Sam fast so etwas wie eine Schwester für mich. Sams Mutter war ein bisschen anstrengend und immer auf der Suche nach sinnvollen Beschäftigungen für uns. Und so kam sie eines Tages auf die Idee, dass wir ein Instrument spielen sollten. Musikalische Früherziehung nannte sie es und Förderung der psychomotorischen Fertigkeiten. Sam und ich nannten es ganz einfach Sadismus. Wir hatten nicht die geringste Lust, unsere Freizeit zu opfern, um in blöden Musikzimmern abzuhängen. Oder an den Nachmittagen zu Hause üben zu müssen.

Also hofften wir, dass unsere Eltern das Thema bald wieder vergessen würden, doch leider wurde die musikalische Frühförderung zum Gesprächsstoff Nummer eins in unseren Familien. Und verdrängte jede Unterhaltung über weit wichtigere Dinge wie Kinderarbeit in Asien, Mieterhöhung am Prenzlauer Berg oder die Wahl des Bundeskanzlers.

»Weißt du was«, hatte Sam eines Tages gesagt. »Dann tun wir ihnen eben den Gefallen und suchen uns ein Instrument aus. Möglichst eins, das zu laut ist. Oder zu teuer. Dann werden sie diese Schnapsidee schon aufgeben.«

Und so hatten wir uns für Saxofon entschieden. Diese Dinger waren teuer und laut, und doppelt gemoppelt hielt bekanntlich besser.

Doch unsere Eltern waren einverstanden und scheuten weder Geld noch Mühe. Sams Vater baute sogar ein Kellerabteil zu einem Übungsraum um. Und da standen wir nun wie begossene Pudel und quälten uns entsetzlich, um aus unseren Saxofonen einen Ton herauszupressen.

»Das sind keine Heizungsrohre, die entlüftet werden müssen«, sagte unser Lehrer ein paar Monate später. »Das sind sehr sensible Instrumente, die ihr nur mit Liebe spielen könnt.« Der Typ kam aus der Nachbarschaft, war Anfang zwanzig und sah extrem cool aus. Es war nicht ganz klar, ob es dieser Satz oder der Lehrer selbst gewesen war, der unsere Abwehr in Begeisterung verwandelte. Eines Tages stellten wir fest, dass wir gern in den Keller gingen und uns jedes Mal darauf freuten. Und dass wir besser wurden, je öfter wir übten. Langsam, aber sicher immer besser.

Und eines Tages waren wir einfach gut.

Und so lauschten wir nun den drei Saxofonisten, beobachteten jede ihrer Bewegungen und waren Feuer und Flamme. Die waren verflixt gut, und keine von uns hatte je von ihnen gehört.

»Soll ich versuchen, mit ihnen ins Gespräch zu kommen?«, fragte Sam, als die Performance zu Ende war.

Ich winkte ab. »Lass mal. Wir haben sie gehört, das genügt doch. Aber sie waren echt toll, Hut ab.«

Sam grinste, und als wir kurz vor neun endlich die *Studios Dock 11* verließen, hakte sie sich bei mir unter und schmiegte sich an mich wie eine schnurrende Katze.

»Weißt du, Maja«, sagte sie. »So sollte es immer sein. **Gute Musik, tolle Saxofonisten.** Und eines Tages gehören wir auch zu denen. Spielen in kleinen Kellern und auf den großen Bühnen dieser Stadt. **Wir zwei, für immer zusammen.**«

»Ja, wir zwei«, sagte ich und boxte sie sanft in die Rippen, »für immer zusammen. So wird es sein, Sam. So und nicht anders.«

Doch leider sollte ich mich täuschen, und zwar gewaltig.

Denn schon am nächsten Tag ging meine kleine Welt unter. Und mit ihr Sam und unsere Träume.

02

»WIR ZIEHEN UM?« Es war mehr ein Röcheln als eine Frage. Ich musste mich am Küchentisch festhalten, um nicht auf der Stelle ohnmächtig zu werden. Dabei griff ich in die Schale mit der Butter, aber das bemerkte ich nicht, ich starrte einfach nur meine Eltern an und konnte es nicht glauben. Mein Vater stand neben der Spüle und machte ein ziemlich bekümmertes Gesicht. Seine Haare fielen ihm wirr in die Stirn, und zum ersten Mal fielen mir die Falten in seinem Gesicht auf. Meine Mutter hatte ein strahlendes Lächeln aufgesetzt und sah aus wie die Sprecherin der Spätnachrichten oder die Frau aus dem Werbespot für Haarspray. Ein paar kurze Sekunden lang hielt sich die Hoffnung, meine Eltern erlaubten sich einen Scherz mit mir. Vielleicht war das ja nur ein Test oder ein Filmmitschnitt für die Sendung »Verstehen Sie Spaß?«.

»Es ist unser Ernst«, sagte mein Vater genau in diesem Moment und zerstörte jede Hoffnung.

»Aber wieso, ich meine …?«, rief ich, und dann rastete ich aus. »DAS KÖNNT IHR DOCH NICHT MACHEN, SEID IHR DENN VÖLLIG GAGA?« Meine

Stimme war schrill geworden, überschlug sich, und Tränen liefen über meine Wangen.

»Es gibt da ein neues und sehr aufwendiges Filmprojekt«, sagte mein Vater und seufzte. »Ich werde Regie führen, und das Projekt wird wohl ein Jahr dauern. Wir sind auch nicht besonders froh darüber, das kannst du uns glauben.«

Eigentlich war ich immer sehr stolz auf meinen Vater und seinen Beruf gewesen. Die Arbeit beim Film, der Kontakt zu jeder Menge Schauspielern, hier in Berlin war das schon klasse. Aber woanders? Davon war nie die Rede gewesen.

»Das ist für uns alle nicht leicht«, fuhr Papa fort. »Jetzt wohnen wir schon so lange hier, und dann das wunderbare Haus und all unsere Freunde …«

»Sam«, stammelte ich, und mir wurde schwarz vor Augen. Dann musste ich richtig losheulen, so erbärmlich und herzzerreißend, dass mein Vater sich umdrehen und weggucken musste. Wo er doch sonst eher einen kühlen Kopf bewahrte, selbst in schwierigsten Situationen. Jetzt aber seufzte er tief. »Bitte versteh uns doch, Maja. So eine Chance bekomme ich nie wieder, und es ist ja auch nur für ein Jahr. Sam kann uns natürlich jederzeit besuchen und du sie auch, das ist doch klar.«

Es dauerte sicher eine halbe Stunde, bis der erste Schock verdaut war und ich mich beruhigt hatte.

»Wohin ziehen wir denn?«, fragte ich vorsichtig und schnäuzte in ein Taschentuch.

»In eine schöne Stadt«, sagte meine Mutter. »Nicht ganz so groß wie Berlin, aber genauso lebendig.«

Die Alarmlichter in meinem Kopf blinkten, und alle Signale standen auf Rot. Wenn meine Mutter eine solch ausschweifende Einleitung benötigte, dann Gnade der Götter.

»Und hat diese Stadt auch einen Namen?«, knurrte ich.

Hamburg, dachte ich. Hamburg war groß, aber nicht so groß wie Berlin. Oder Bremen? Allerdings war Bremen nicht so groß wie Hamburg, das wusste ich aus dem Erdkundeunterricht.

»München«, sagte mein Vater.

Und ich fiel in Ohnmacht. Nicht richtig, aber so halb. Ich sank auf den nächstbesten Stuhl.

Von allen Städten, die ich kannte, war München mit Abstand die bescheuertste. Ehrlicherweise muss ich dazusagen, dass ich keine Stadt außer Berlin kannte, aber man hörte ja manchmal etwas in den Nachrichten. Was ich von München wusste, war wenig – aber total daneben. Da gab es dieses Oktoberfest, auf dem die Leute in speckigen Lederhosen und Schürzenkleidern herumliefen, Bier tranken und schlechten Blaskapellen zuhörten. Grauenhaften Blechbläsern, die Alpenlieder spielten. Musikalisch war in dieser Stadt überhaupt nichts los, das wusste ich definitiv, weil Sam das mal erzählt hatte. Sam …

Schon wieder musste ich heulen, meine Mutter holte

ein neues Päckchen Tempotaschentücher, setzte sich neben mich und legte mir den Arm um die Schultern. »Beruhige dich, Maja«, sagte sie leise. »Die meisten Dinge, die am Anfang grauenhaft erscheinen, verlieren mit der Zeit ihren Schrecken.«

»Was für ein Quatsch«, schniefte ich. »Warum muss ich das überhaupt erleben? Hier in Berlin gibt es nichts Grauenhaftes, keinen Schrecken, tolle Leute und gute Musik. Wo soll ich in Zukunft üben und mit wem? Habt ihr euch das mal überlegt?«

Mein Vater schüttelte den Kopf. »Wir verlassen Berlin auch nicht gern. Aber manchmal gibt es im Leben Situationen, die einem keine Wahl lassen.«

Er verließ das Zimmer, vermutlich war er sauer. Weil ich immer nur auf meinen Bedürfnissen herumritt, aber auf welchen auch sonst? Dass er in Zukunft mehr verdiente, ja, okay, das war schön. Aber bis jetzt hatte er schließlich auch so viel verdient, dass es reichte. Dass er mit seiner Familie in dieser Wohnung leben konnte und alle glücklich waren.

Aber weiter kam ich in meinen Überlegungen nicht, denn meine Mutter zog einen Stadtplan aus einer Schublade, faltete ihn auseinander und legte ihn mir auf die Knie. »Vielleicht willst du dir das ja schon einmal anschauen«, sagte sie.

»Will ich nicht«, sagte ich und verließ das Zimmer.

Wie ich das Sam beibringen sollte, war mir schleierhaft. Ich wollte nicht, dass sie traurig war. Aber das würde sich wohl nicht vermeiden lassen, also musste ich es hinter mich bringen. Und zwar so schnell wie möglich. Ich schlüpfte in meine Schuhe und ging zu Sam.

Ihre Eltern wussten offenbar schon Bescheid, denn als ich klingelte, öffneten alle beide die Tür, guckten mich ein paar Sekunden lang schweigend an, und dann umarmte mich Sams Mutter so herzlich und fest, als ginge ich auf eine gefährliche Mondmission. »Sam ist in ihrem Zimmer«, sagte sie leise, und da verstand ich, dass sie sich ebenfalls Sorgen machte. Um mich, aber auch um Sam. Um unsere früh- und spätkindliche Entwicklung, unsere Lebenslust und unser Lachen.

Die Stunde bei Sam war die schlimmste meines Lebens. Wir redeten und weinten, und als wir genug geredet und geweint hatten und ganz leer waren, gingen wir in den Keller und spielten. Den ganzen Abend lang. Als Erstes legten wir *Kansas City* auf, das Klavier kam von einer CD, und wir machten die Übergänge und improvisierten kleine Soli, erst Sam, dann ich.

Sam und ich liebten *Kansas City*. Weil es der Geburtsort von Coleman Hawkins war, einem der größten Tenorsaxofonisten aller Zeiten. Und weil die Stadt eine ziemlich berüchtigte Vergangenheit hatte mit Jazz, Schmuggel, Mafia und allem, was dazugehörte. Zu unserem zwölften Geburtstag schenkten uns unsere Eltern den gleichnamigen Film (weil man den erst ab zwölf gucken durfte und Sams Eltern in diesem Punkt sehr streng waren), und wir sahen ihn uns fast jedes Wochenende an. Zum ersten Mal konnten wir miterleben, wie das damals so war. Als all die berühmten Musiker im *Reno's Club* auftraten. Oder nach ihren Konzerten zusammensaßen und jammten, was das Zeug hielt. Craig Handy spielte Coleman Hawkins, und er machte das toll. Auch am Saxofon.

»So werden wir auch einmal auftreten«, sagte Sam immer, wenn wir den Film sahen. Oder wenn wir den Song spielten.

Heute sagte sie nichts.

Gar nichts.

Wir spielten einen Song nach dem anderen, und als wir unsere Saxofone in die Ecke stellten, war es bereits nach Mitternacht. Sam wischte sich mit zitternden Fingern über die Augen.

»Es wird nie mehr, wie es mal war«, sagte sie.

»Nein, nie mehr«, sagte ich.

Und dieser Gedanke war einfach grauenhaft.

03

MÜNCHEN WAR EINE REICHE STADT. In der schicke Leute wohnten, die im Sommer Cabrio fuhren und schreckliche Sonnenbrillen trugen. Das hatte ein Mädchen aus meiner Klasse erzählt, und es klang blöd.

Umso erstaunter war ich, als wir in das Viertel kamen, in dem meine Eltern eine Wohnung gemietet hatten. Im Westen der Stadt, ganz in der Nähe der Theresienwiese.

Die Straßen hier waren schmal und verwinkelt und nur teilweise asphaltiert. Straßenlaternen und Schilder hingen schief, und von den Fassaden der Häuser bröckelten Putz und Farbe. In den engen Gassen gab es noch Kopfsteinpflaster, aber auch hier fehlten Pflastersteine, waren herausgebrochen und nie ersetzt worden. Manche der alten Häuser schienen einmal vornehm gewesen zu sein. Mit großen Fenstern und Stuckverzierungen. Aber sie waren nie renoviert worden und langsam verrottet. Und die neuen Häuser sahen eigentlich alle gleich aus. Mit den kleinen Balkonen, den vielen Wäscheleinen. Und den Satellitenschüsseln, die zu Hunderten die Fassaden zierten.

Ein streunender Hund tapste über den Bürgersteig, schnüffelte an Türen und jaulte, verzweifelt suchte er sein Zuhause.

Dem geht es wie mir, dachte ich noch, dann parkte mein Vater auch schon den Wagen und deutete auf der Windschutzscheibe nach vorne. »Der Möbelwagen ist schon da«, sagte er, und es klang richtig zufrieden, wie er das sagte. Meine Mutter drehte sich zu mir um und lächelte mich an. »Jetzt besichtigen wir erst einmal unsere neue Wohnung, und bis die Möbelpacker fertig sind, haben wir nichts zu tun. Was meint ihr, sollen wir uns einen schönen Tag machen?«

»Einen schönen Tag?«, knurrte ich und schüttelte missmutig den Kopf. Wie sollte das funktionieren? Viele Hundert Kilometer von Berlin entfernt, in einer kleinen Straße im Nirgendwo.

»Ich glaube, für uns beide gibt es genug in der Wohnung zu tun«, sagte mein Vater. »Aber Maja kann ja schon mal losziehen und das Viertel erkunden.« Er blickte in den Rückspiegel, lächelte mir zu, dann öffnete er die Wagentür und stieg aus.

Über Erwachsene konnte man manchmal nur staunen. Weil sie nichts, aber auch gar nichts verstanden. Warum sollte ich alleine durchs Viertel ziehen? Und was sollte mir daran Spaß machen? Ich kannte hier niemanden und hatte keine Ahnung, wo ich war. Einen Teufel würde ich tun und schön zu Hause bleiben.

Ich stieg aus dem Auto und folgte meinem Vater ins

Haus. Es hatte kleine Fenster mit vorgezogenen Gardinen, Blumen oder Kerzenständern. »Ein bisschen spießig«, wisperte meine Mutter, und ich musste lächeln. Ja, wo sie recht hatte, hatte sie recht. Doch als wir das Treppenhaus betraten, machte mein Herz einen kleinen Sprung. An den Wänden hingen windschiefe Briefkästen, und es roch ein wenig modrig, fast so wie in unserem Haus in Berlin.

»Es ist nicht gerade der letzte Schrei, aber immerhin bezahlbar«, sagte mein Vater und scheuchte uns die Treppe hoch. »Die Mieten in dieser Stadt sind Wahnsinn, möchte echt mal wissen, wie die Leute das machen.«

»Dafür verdienen wir jetzt ja mehr«, sagte ich. »Und du solltest dich wirklich nicht beschweren.«

Es war gemein, eine kleine Speerspitze gegen meinen Vater. Aber ich war einfach immer noch sauer. Er hatte ja unbedingt umziehen wollen. Dann brauchte er sich jetzt auch nicht zu beklagen.

»Die Wohnung liegt im dritten Stock«, zwitscherte meine Mutter, »und wir haben nur eine Nachbarin. Es ist eine ältere Frau, die kaum das Haus verlässt.«

»Hoffentlich ist sie schwerhörig«, sagte ich, griff mit den Händen nach einem unsichtbaren Saxofon, lehnte mich gegen das Treppengeländer und spielte in übertriebener Ekstase eine lautlose Melodie.

»Du bist unbezahlbar«, sagte Papa. Und entlockte mir tatsächlich ein schiefes Grinsen. Dann zog er den Wohnungsschlüssel aus der Hosentasche und öffnete die Tür. Die Wohnung war etwas kleiner als die in Berlin, aber ich hatte ein schönes, großes Zimmer mit Blick in den Hinterhof. Und neben meinem Zimmer gab es eine kleine Rumpelkammer.

»Hier könnten wir die Wände schallisolieren«, sagte mein Vater. »Und dann hättest du auch wieder einen Übungsraum.«

Für diesen schönen Satz und den ersten coolen Moment an diesem Tag umarmte ich ihn stürmisch. Wenige Minuten später hörten wir laute Stimmen und Gepolter im Treppenhaus, die Möbelpacker machten sich an die Arbeit, und ich beschloss nun doch, von hier zu verschwinden.

Ich stieg die Stufen hinunter, zog die Haustür auf und trat auf die Straße. Dann lief ich los, mal nach rechts, mal nach links. Die Straßen waren schmal, und auf den Bürgersteigen hatten die Obst- und Gemüsehändler ihre Stände aufgebaut. Dort standen Körbe mit Äpfeln und Kohlköpfen, Gurken und Tomaten, und aus den kleinen Metzgereien an den Straßenecken roch es nach Wurst und Speck. Überhaupt waren die Läden alle sehr klein. Da gab es eine kleine Boutique, eine kleine Buchhandlung und einen kleinen Schuster. Einen kleinen Schlüsseldienst und eine kleine Dönerbude. Über der Tür hing ein Schild mit der Aufschrift *Döner macht schöner*, aber das Schild hing schief und drohte wohl bald herunterzufallen. Und schließlich entdeckte ich noch einen ganz besonderen Laden. *Mister Sax* stand auf einem Schild über der Eingangstür. Und *Heute geschlossen* auf einem anderen Schild neben der Klingel.

»Das gibt es doch gar nicht!«, rief ich leise und drückte meine Nase an der Fensterscheibe platt. Ich blickte in eine Werkstatt mit großen Werkbänken und vielen Feilen und Hämmerchen darauf. Und jeder Menge Saxofonen. Mehr konnte ich leider nicht erkennen, die Scheiben waren zu schmutzig oder meine Augen zu schlecht. Ich würde ein andermal wiederkommen müssen.

Und so bummelte ich weiter, trödelte durchs Viertel, und mit jedem Schritt, den ich machte, eröffnete sich mir eine neue Welt. Natürlich. Denn außer Berlin hatte ich nicht viel gesehen. Und in Urlaub war ich auch nur selten gefahren. Wenn ich durch meinen Kiez am Prenzlauer Berg bummelte, wusste ich genau, welches Café an welcher Straßenecke lag. In welchem Takt die Ampelschaltungen funktionierten und die Lichter von Grün auf Rot sprangen. Ich kannte die Leute in unserer Straße, wusste, um wie viel Uhr Frau Massmann ihren Hund ausführte, Herr Paleschke von der Arbeit heimkam und wann der Briefträger auf seinem Fahrrad um die Ecke bog. Hier aber war alles neu für mich.

Als Erstes stolperte ich über Kinderwagen. Die parkten auf dem Bürgersteig, die Kleinen schliefen, und ihre Mütter saßen drinnen im Café bei Kaffee und Kuchen. Ohne die geringste Angst, dass die Kleinen geklaut werden konnten.

Und ich entdeckte seltsame rote Metallkästen. Die standen auf wackligen Beinen und hatten eine Plastikklappe zum Öffnen. Ich warf einen Blick hinein. Der Kasten war voll mit Zeitungen. Aber nicht mit alten, sondern mit ganz druckfrischen, neuen. »Bitte bezahlen Sie Ihre Zeitung« stand auf der Klappe, und daneben gab es einen Schlitz fürs Geld.

Wer dort freiwillig Geld einwerfen sollte, war mir ein Rätsel. Für einen kurzen Moment dachte ich an die Kastanienallee. An Rob, den Fahrradknacker, der sich alles griff, was nicht niet- und nagelfest war. An die Obdachlosen, die im Sommer am Zionskirchplatz schliefen. Und für die ein paar Zeitungen eine bequeme Unterlage darstellten, die sie aber auf keinen Fall bezahlen konnten. Und an die gehetzten Menschen morgens auf ihrem Weg zur Arbeit. Die würden sich alle eine Zeitung nehmen, auch wenn sie gerade mal kein Kleingeld in der Tasche hatten.

»Irgendwas scheint hier tatsächlich anders zu laufen«, murmelte ich leise vor mich hin. »Vielleicht bin ich in Safe City gelandet. Mit Cops, die bis an die Zähne bewaffnet sind und jeden umbringen, der das Gesetz bricht.« Diese Idee musste ich gleich Sam mitteilen, heute Abend noch auf Facebook. Sam war nämlich ein großer Fan italo-amerikanischer Western, ihre blutrünstigen Phantasien gingen gerne mit ihr durch, und ich wusste, dass sie meine Erklärung äußerst witzig finden würde.

In diesem Moment hörte ich laute Stimmen, Gejohle und spitze Schreie. Eine Horde Jugendlicher brauste heran, sie trugen Rollerblades und nahmen die gesamte Straße und beide Bürgersteige ein. Ich hatte keine Zeit mehr, mich in einen Hauseingang zu verdrücken.

»Kannst du nicht aufpassen?«, fauchte ein schlanker, sportlicher Typ mit kurzen Haaren, und dann knallte er auch schon mit mir zusammen, wir klammerten uns instinktiv aneinander und krachten zu Boden.

»Sag mal, spinnst du?«, keuchte ich und versuchte, mich aus der unfreiwilligen Umarmung zu befreien. Was gar nicht so einfach war, schließlich lag ich am Boden, und der Typ mit mir. Die anderen waren weitergefahren, vermutlich hatten sie gar nicht bemerkt, was passiert war, kein Wunder bei dem Tempo!

Ich kam nur langsam wieder auf die Beine. Der Kerl rappelte sich ebenfalls auf, und dann stand er vor mir. Er war dunkelblond, um einiges größer als ich (dafür waren die Rollerblades verantwortlich) und definitiv älter. Er trug eine ausgewaschene Jeans mit breitem Ledergürtel und einen engen grauen Pulli. Und er hatte auffällig blaue Augen, aus denen giftige Pfeile schossen. »Hast du keine Augen im Kopf?«, fauchte er. »Oder bist du nur zu dumm zum Spazierengehen?«

Ich schluckte und atmete tief durch. »Ich verhör mich wohl«, bellte ich. »Wer ist denn gerade in mich hineingekracht?«

Die Einleitung der Fehde, der Beginn des Duells.

»Wenn du kein Hirn hast, um auszuweichen, solltest du zu Hause bleiben«, entgegnete der Typ und fixierte mich mit diesen stahlharten blauen Augen, als wollte er mich aufspießen.

»Du trägst dein Hirn ja offenbar in diesen Rollschuhen«, schnappte ich und spie jedes Wort aus wie einen ungenießbaren Essensrest. »In diesen niedlichen Dingern, die normalerweise Fünfjährige zum Geburtstag bekommen. Aber die können wenigstens damit fahren!«

Ich ballte meine rechte Hand zu einer Faust und schubste den Kerl so heftig von mir weg, dass er ein zweites Mal das Gleichgewicht verlor und ins Stolpern kam. Vor Wut wurde er ganz weiß im Gesicht. »Ich weiß nicht, wer du bist oder woher du kommt, aber komm mir niemals wieder zu nahe«, sagte er.

»Kein Problem«, sagte ich. »Fünf ist nicht meine Altersklasse.«

Dabei grinste ich ganz charmant, und den Typen zerriss es fast vor Zorn. Er wollte noch etwas sagen, doch dann überlegte er es sich anders. Was gut war, denn er war jetzt wirklich schon sehr weiß im Gesicht, und sein Mund zuckte wie unter Schmerzen. Angewidert schüttelte er den Kopf und fuhr davon.

Ich zog ein paar Tempos aus der Tasche und wischte mir den Dreck von den Klamotten. Was es nicht besser machte, eher schlimmer. Und dann nahm ich mein unsichtbares Saxofon in die Hand, lehnte mich zurück und spielte »Summertime«, wobei ich die Melodie laut vor mich hin pfiff, während meine Hände wahre Meisterwerke vollführten.

Nach diesem Vorfall beschloss ich, mich irgendwo mit Eis oder Kuchen vollzustopfen, und als ich meine Nerven mit genügend Kohlehydraten beruhigt hatte, drehte ich noch eine letzte Runde. Es war wirklich ein herrlich warmer, sonniger Tag, und die Straßen präsentierten sich in herbstlichen Farben. Aus dem einen oder anderen Fenster klang laute Musik, irgendwo spielte jemand E-Gitarre, und das Echo der harten Klänge brach sich an den Fassaden der Häuser. Bäume oder Rasen gab es in diesem Viertel fast gar nicht, jedenfalls nicht, so weit ich sehen konnte. Dafür parkten jede Menge Autos auf den Bürgersteigen, Menschen drängten sich um die Gemüsestände und redeten in verschiedenen Sprachen. In Türkisch, Griechisch und in einem seltsamen Singsang, den ich nicht kannte.

Schließlich kam ich an einen großen, etwas unübersichtlichen Platz, auf dem ein paar Bäume standen, Müllcontainer und Bänke. Und dahinter lag ein farbenfroher, bunter Flachbau, aus dem lautes Stimmengewirr drang. *Multikulturelles Jugendzentrum* stand in bunten Farben an der Wand.

Ich steuerte auf das Gebäude zu, als plötzlich die Tür aufging und der bescheuerte Typ von vorhin rauskam. Die Rollerblades hingen jetzt über seiner Schulter, und seine Jeans hatte erfreulicherweise einen Riss. Als er mich sah, fuhr er zusammen und blieb stehen.

Dann grinste er fies und schüttelte den Kopf. »Hab ich mir doch gedacht, dass du hier auftauchst«, knurrte er, »aber das kannst du knicken. Hier drin hab ich das Sagen, und da kommst du nicht rein!« Und wie um das Gesagte zu unterstreichen, schnippte er kurz mit den Fingern, bevor er mit einem arroganten Grinsen im Gesicht verschwand.

»Na, das war's dann wohl mit dem Jugendzentrum«, sagte ich leise. Eigentlich hätte es mir egal sein können. Ich war noch nie in einem Jugendzentrum gewesen und konnte vermutlich locker darauf verzichten. Aber ich mochte es nicht, von bestimmten Dingen oder Orten ausgeschlossen zu werden. Das kam einer Verbannung gleich und hinterließ ein verflixt unangenehmes Gefühl.

04

AM NÄCHSTEN TAG betrat ich zum ersten Mal meine neue Schule. Sie sah aus wie ein Schloss oder der Landsitz eines Grafen. Es war ein riesiges Gebäude mit zwei Glockentürmen und meterhohen Arkaden, Säulen und Gängen. In den breiten Fluren standen Schüler, steckten die Köpfe zusammen, redeten und lachten. Unsicher blickte ich von links nach rechts und suchte nach einem Schwarzen Brett oder einer Tafel mit Informationen. Doch die Wände waren weiß und leer.

»Wissen Sie, wo ich die 8 a finde?«, fragte ich einen Mann mit grauem Kittel. Er stand neben dem Eingang und schien der Hausmeister zu sein.

Der Mann nickte und deutete eine breite Treppe hinauf. »Im ersten Stock, eine der ersten Türen.«

Ich bedankte mich, eilte die Stufen hoch und geriet in einen Pulk johlender Mädchen. Für einen kurzen Moment verlor ich die Orientierung. Wo sollte ich hingehen? Nach links oder nach rechts? Doch offenbar war ich nicht die Einzige, die keine Peilung hatte. Dutzende von Schülern drängten durch die Flure, riefen nach ihren Mitschülern und studierten die Schilder an den Türen.

»Wo sind die sechsten Klassen?«, brüllte ein Mädchen.

»Wer hat meinen Bruder gesehen?«, rief ein Junge.

»Lasst mich durch, ihr Knallfrösche«, ein anderer.

Ein Hexenkessel war nichts dagegen. Ich hatte das Gefühl, in den Krater eines Vulkans geraten zu sein, und der spuckte Feuer, Gesteinsbrocken und glühende Lava. Mir wurde ganz heiß, ich begann zu schwitzen und überlegte gerade, umzukehren und es morgen noch einmal zu versuchen, als mein Blick auf eine der Türen fiel. »8 a« stand auf einem Zettel. »Klassenleitung: Frau Hochholzer«. Ich seufzte erleichtert und drängte mich durch die Menge.

»Verflixt, ausgerechnet die Hochholzer!«, schnaubte der Junge neben mir. Es sah aus wie eine Bulldogge, mit massigem Körper und einem zu klein geratenen Gesicht, und auch er drängte zu dieser Tür.

»Wieso, was ist mit der Hochholzer?«, fragte ich vorsichtig.

Der Junge guckte verblüfft aus der Wäsche. »Was, du kennst die nicht? Bist wohl neu hier?«

Ich nickte. »Ganz neu. Ich heiße Maja.«

Und dann passierte etwas Seltsames. Der Junge streckte den Arm aus und hielt mir die Hand hin. »Angenehm«, sagte er und grinste. »Ich bin Jonas.« Wir schüttelten uns die Hände, während ich krampfhaft überlegte, ob ich jemals einem Gleichaltrigen die Hand gegeben hatte.

»Freut mich«, sagte ich und konnte mir ein Grinsen nicht verkneifen. »Und was ist jetzt so schlimm an der?«

»Ein echter Drachen«, knurrte Jonas. »Ziemlich streng und mag nur Mädchen. Deine Chancen stehen also gut.« Er schenkte mir ein zerknirschtes Lächeln, wobei seine Lippen eine Zahnreihe entblößten, die aussah wie die Tastatur eines Klaviers. Weiß, schwarz, weiß, weiß, schwarz. Einer da, einer fehlte, zwei da, einer fehlte.

»Bist du schon immer in dieser Klasse gewesen?«, fragte ich vorsichtig. Doch Jonas schüttelte den Kopf. »Die Klassen wurden in diesem Jahrgang neu gemischt. Vielleicht kenne ich ein paar Mitschüler. Vielleicht aber auch nicht.« Er nickte mir noch mal zu, verschwand durch die Tür, und dann hörte ich ihn auch schon jubeln und Hallo rufen. Okay, er kannte also ein paar andere. Wie schön für ihn.

Ein Mädchen mit einer feinen schwarzen Hornbrille und halblangen schwarzen Haaren tippte mir auf die Schulter. »Neu hier?«, fragte sie und streckte mir ihre Hand entgegen. Verblüfft schlug ich ein. »Äh, ja«, stammelte ich. »Ich heiße Maja. Und komme aus Berlin.«

»Francesca«, sagte das Mädchen und lächelte. »Ursprünglich aus Italien. Aber ich lebe schon lange hier.« Und weg war sie. Ich lehnte mich an die Wand und atmete durch. Die waren ja echt nett, die Leute, und alles lief viel besser als gedacht. Ich beschloss, genau an dieser Stelle stehen zu bleiben. Direkt neben der Tür, am Eingang zu meiner Klasse. Das war ein phantastischer Platz, um erste Kontakte zu knüpfen.

»Neu hier?«, fragte jemand, und ich drehte mich um, setzte mein freundlichstes Lächeln auf und streckte die Hand aus.

»Das kannst du dir sparen«, sagte ein Mädchen mit langen blonden Haaren. Sie hatte einen Teint, als käme sie frisch aus dem Urlaub, Kanarische Inseln, Dominikanische Republik oder so etwas. Um den Hals trug sie eine Kette mit einem seltsam aussehenden Anhänger, und in ihren Ohrläppchen steckten funkelnde Steine, die mit ihren Augen um die Wette blitzten. Leider war das Funkeln ihrer Augen kein freundliches. Es war kühl und vielleicht sogar ein wenig gemein.

»Ich bin Vivian«, sagte sie jetzt. »Und das hier ist **meine** Klasse. Mit Betonung auf meine.« Sie streckte ihr schmales Kinn nach vorne und rauschte davon, durch die offene Tür ins Klassenzimmer, wo sie mit lautem Hallo willkommen geheißen wurde.

»Kein guter Start«, murmelte ich. »Zumindest nicht mit der.« Aber eigentlich konnte mir das egal sein. Mit allen freundete man sich sowieso nicht an. Und in Gruppen hatte ich mich immer im Hintergrund gehalten, hatte stets anderen den Auftritt im Rampenlicht überlassen und mich nur selten in den Mittelpunkt gedrängt.

Die Gänge leerten sich. Eine mächtige Gestalt rauschte den Flur hinunter, ein seltsames Knäuel aus Röcken und Tüchern, Fransenschal und breiten Schnürschuhen.

Eine Figur aus einer 3-D-Animation, dachte ich. Ein Nilpferd in Stiefeln, Supernanny extra large. Die Gestalt wurde immer größer, immer gewaltiger, und dann stand sie vor mir.

»Neu hier?«, fragte sie, und ihre Stimme klang rauchig. Wie die einer schwarzen Bluessängerin. Sympathisch, dachte ich und nickte. »Ich bin Maja. Aus Berlin.«

»Willkommen, Hochholzer«, krächzte die Frau und streckte mir die Hand hin. Das war sie also. Meine Klassenlehrerin. Der Drachen, wie Jonas gesagt hatte. Ich zweifelte nicht eine Sekunde daran, dass man vor einer solchen Figur Angst haben konnte. Aber glücklicherweise war ich ein Mädchen. Und mit denen hatte der Drache offenbar nur selten Probleme. Wenn man Jonas glauben durfte, was ich aus ganzem Herzen hoffte.

Als ich das Klassenzimmer betrat, waren alle Plätze belegt. Bis auf einen ganz vorne an der Tür. Für meinen Geschmack etwas zu nah am Pult der Lehrerin, andererseits saß ich da gleich neben Francesca aus Italien, und das freute mich. Vivian entdeckte ich irgendwo ganz hinten, und Jonas saß zwischen einer Menge breitschultriger Jungs am Fenster.

Die Tür des Klassenzimmers fiel ins Schloss. Frau Hochholzer rumpelte ins Zimmer, warf ihre Tasche aufs Pult und ließ sich mit einem aufatmenden »Aah« auf ihren Stuhl fallen. Der ächzte ganz schön unter ihrem Gewicht, und ein paar meiner Mitschüler lachten. Doch

Frau Hochholzer ließ sich nicht aus der Ruhe bringen, zog das Klassenbuch aus der Tasche, schlug es auf und ließ ihren Blick über die Köpfe von uns Schülern kreisen. »Soso, dann habe ich dieses Jahr also die Achte«, sagte sie, und ihre Stimme klang so rau, als hätte sie die ganze Nacht in einer Bar verbracht und schottischen Whisky getrunken. »Ihr werdet bei mir die Fächer Deutsch und Biologie genießen«, sagte sie, aber es klang mehr nach einer Drohung als nach einem Versprechen. Tatsächlich zuckten ein paar der Anwesenden zusammen, vor allem den Jungs schien ihr Auftritt nicht geheuer.

»Wie viele Neue sind in der Klasse?«, fragte sie, und wieder kreiste ihr Blick. Vorsichtig hob ich meine Hand, aber ich war nicht die Einzige. Ganz hinten meldeten sich noch zwei Schüler.

»Ich bin Samuel«, sagte der eine und stand auf. »Ich bin vorher aufs Max-Gymnasium gegangen, aber jetzt …«

»Oho«, machten einige, andere schwiegen oder nickten vielsagend.

Ich lehnte mich zu Francesca hinüber. »Ist das Max-Gymnasium etwas Schlimmes?«, wisperte ich.

Francesca grinste und schüttelte den Kopf. »Es gehört zu den besten der Stadt«, flüsterte sie. »Wenn der Typ jetzt hier ist, ist er da vielleicht rausgeflogen, aber ich habe natürlich keine Ahnung.«

Nun stand ein zierliches Mädchen auf, bekam einen roten Kopf und räusperte sich mehrmals. »Ich bin Theresa, also ich …, ich habe die Achte schon einmal gemacht.«

Freundlicherweise sagte niemand etwas, und das Mädchen setzte sich wieder. Jetzt war ich dran.

»Ich bin Maja«, sagte ich. »Und ich komme aus Berlin.«

Aufstehen wollte ich nicht, und mehr gab es dazu auch nicht zu sagen. Kommentare blieben glücklicherweise auch bei mir aus, und Frau Hochholzer schien zufrieden.

»Gut«, sagte sie. »Dann verteile ich heute die Stundenpläne, Bücher und Lehrmaterialien, und dann geht es los.«

Der Stundenplan war keine Überraschung und glich im Großen und Ganzen den Stundenplänen, die ich von zu Hause kannte. Und die Ausgabe der Bücher erfolgte im Handumdrehen.

Dann ging es tatsächlich auch schon los, Frau Hochholzer verlor keine Zeit. Wir mussten uns in Gruppen zusammensetzen und ein paar Zeitungstexte bearbeiten, keine schwere Sache, aber auch keine besonders aufregende.

In der Pause hielt ich mich an Francesca und ließ mir von ihr die Schule zeigen, den Pausenhof und den Kiosk, und ich staunte, wie sauber und aufgeräumt alles war. Der Pausenhof meiner alten Schule hatte aus einem Stück Asphalt bestanden, mit Linien darauf und zwei Basketballkörben. Hier gab es einen Garten mit einem hübschen Zaun drum herum, ein paar Bäume, unter denen jede Menge Bänke standen, und einen Schulkiosk mit Bio-Obst, Brötchen und Butterbrezeln.

»Wie lange bist du denn schon hier?«, fragte ich Francesca.

»In Deutschland, meinst du?« Francesca lachte. »Seit meiner Geburt. In Italien leben eigentlich nur noch meine Großeltern, der Rest der Familie ist schon seit Jahren hier.«

Und dann quetschte sie mich aus. Sie wollte alles über Berlin wissen, und ich wunderte mich, dass jemand diese großartige Stadt nicht kannte. »Du warst noch nie da?«, fragte ich verblüfft.

Francesca schüttelte den Kopf. »Du warst doch auch vorher noch nie in München, oder?«, erwiderte sie und lachte.

Das stimmte natürlich, auch wenn man das auf gar keinen Fall vergleichen konnte. Aber das sagte ich nicht.

»Üb dich in Zurückhaltung«, hatte Sam mir als guten Tipp mit auf den Weg gegeben. »Und lass niemanden merken, dass du Berlin tausendmal besser findest als jede andere Stadt der Welt.«

Sams Ratschläge waren immer Gold wert, also hielt ich mich daran.

»München ist schön«, sagte ich, aber es klang etwas lahm.

»Meinst du, du wirst dich hier wohlfühlen?«, fragte Francesca. Ein lauter Gong läutete das Ende der Pause ein und ersparte mir eine ausgiebige Antwort. »Glaube schon«, erwiderte ich knapp. Auch wenn ich mir da in keinster Weise sicher war. Okay, die meisten hier waren nett und viel herzlicher, als ich vermutet hatte. Aber das mit dem Wohlfühlen ging nicht so schnell. Und ohne Sam war es wahrscheinlich ein Ding der Unmöglichkeit.

05

LETZTEN SOMMER waren Sam und ich zum Baden gefahren. Raus an den Wannsee, wo unsere Eltern sich einen Strandkorb gemietet hatten. Wir lagen in der Sonne, guckten den Wolken nach, bis sie im Nirgendwo verschwanden, und aßen Brötchen mit Mettwurst. Eigentlich wäre es ein ganz gewöhnlicher Tag gewesen, hätte Sam nicht etwas sehr Bedeutendes gesagt. Etwas, das ich nie vergessen werde. Ich kann mich an diesen Tag noch sehr gut erinnern. Wie wir mit der S-Bahn gefahren sind, unsere Eltern sich zwei Strandkörbe reservierten und wir unsere Handtücher im Sand ausbreiteten. Sogar die Wolken habe ich mir gemerkt und die Mettwurstbrote, obwohl sie natürlich völlig unwichtig waren.

»Was glaubst du?«, hatte Sam mich gefragt. »Ob man in den Kopf eines anderen Menschen schlüpfen kann, wenn man den anderen gut kennt?«

»Wie, in den Kopf schlüpfen?«, entgegnete ich. Ich war etwas verwirrt und verstand die Frage nicht. »Wie soll das gehen? Wie meinst du das?«

»Wenn man jemanden sehr gut kennt, könnte man

doch versuchen, alles aus seiner Sicht zu sehen«, sagte Sam. »Das macht sicher jede Menge Spaß.«

Das leuchtete mir ein, und da wir uns beide extrem gut kannten, versuchten wir es. Ich stellte mir vor, wie Sam diesen Tag empfand, und sie machte es andersherum.

Und als wir dann zurückfuhren und in der S-Bahn saßen, sagte Sam jenen folgenschweren Satz, den ich bis heute nicht vergessen habe: »Ich glaube, das macht keinen Sinn. Ich kann nicht so denken, wie du es tun würdest. Ich werde mich selbst nicht los. Das ist ein merkwürdiges Gefühl, aber es ist einfach so: **Jeder hat immer nur sich selbst.**«

Ich habe damals sofort verstanden, was sie meinte. Natürlich hatten wir uns und waren beste Freundinnen. Wir hatten unsere Familien und kannten jede Menge Leute. Aber was wir dachten, fühlten und erlebten, das war unser eigenes Ding. Das konnte uns niemand abnehmen, und wir konnten es nicht auf jemand anderen übertragen.

Es war klar wie Kloßbrühe, warum mir dieser Satz ausgerechnet heute wieder einfiel. An meinem ersten Schultag in der neuen Stadt. Weil ich jetzt hier lebte und ich es war, die es schaffen musste. Ratschläge, Hilfestellungen und Tipps waren vielleicht ganz hilfreich, aber die Situation konnte nur ich bewältigen. Und zwar allein.

Der restliche Vormittag zog sich hin wie Kaugummi,

doch endlich läutete es, und wir sprangen auf. »Einen Moment noch«, rief Frau Hochholzer. »Wir bekommen gleich noch Besuch.«

In diesem Moment ging die Tür auf, und ein schlanker Mann in Schwarz betrat den Raum. Er hatte schlohweißes Haar, das etwas wirr vom Kopf abstand, und ein schmales, fast schon kantiges Gesicht. »Einige von euch kennen mich schon«, sagte er und nickte kurz in die Runde. »Ich bin der Musiklehrer für die Mittelstufe. Auch dieses Jahr bieten wir wieder Klavierunterricht, Geigenunterricht und so weiter an. Und möchte jemand von euch im Chor mitsingen oder im Orchester spielen?«

Sofort hoben einige die Hand, doch der Musiklehrer winkte ab und notierte die Einzelwünsche. »Samuel Klavier«, murmelte er und machte sich schnelle Notizen. »Paula ebenfalls Klavier, Maria Geige. Noch jemand?«

Ich war mir nicht sicher, ob es klug war, aber ich meldete mich.

»Bieten Sie auch Saxofonunterricht an?«, fragte ich leise. In der Klasse wurde es still, mucksmäuschenstill, und der Musiklehrer sah mich überrascht an. »Möchtest du damit anfangen, oder spielst du bereits?«

»Ich spiele schon«, sagte ich. »Seit vier Jahren.«

»Ich kann es nicht versprechen«, erwiderte der Lehrer. »Aber ich werde mich umhören. Vielleicht finden wir jemanden für dich.« Er machte sich ein paar Notizen, nickte uns zu und verschwand. Und auch Frau Hochholzer verabschiedete sich und rauschte davon.

Meine neuen Mitschüler sprangen auf, griffen nach ihren Taschen und Handys, und innerhalb von Sekunden herrschte ein Lärm, als würde die Welt untergehen.

»Du spielst Saxofon?«, fragte Francesca erstaunt. »Das ist echt cool. Ich bin leider nie über die Blockflöte hinausgekommen.«

Ich musste lachen, diese Francesca war mir echt sympathisch. Doch das Lachen sollte mir gleich im Halse stecken bleiben.

»Ja, sehr cool«, fauchte mir jemand ins Ohr. Ich brauchte mich gar nicht umzudrehen, ich wusste sofort, dass es Vivian war. »Bist wohl so eine kleine Lisa Simpson, was?« Und dann bog sie ihren Rücken nach hinten, griff nach einem unsichtbaren Saxofon und spielte. Aber es sah längst nicht so schön aus wie bei mir oder Sam, und es war nicht annähernd so wertschätzend.

»Lass das«, sagte ich. Noch klang ich ganz ruhig, aber ich merkte, wie ich wütend wurde.

»Oho!«, rief Vivian und zog mit diesem Ausruf die Neugierigen an. In Sekundenschnelle waren wir von etwa sechs oder sieben Mitschülern umringt. »Dieses Greenhorn glaubt wohl, sie sei etwas Besonderes!« Die Umstehenden lachten, und Vivian zog ab, mit hoch erhobenem Kopf, wie die Heldin aus einer Schlacht. In der ich geschlagen worden war. Das schien sie zumindest zu denken. Jedenfalls lachte sie laut. Vielleicht sagte sie auch etwas wie »eingebildet« oder »arrogant«, aber da war ich mir nicht sicher. Meine Nerven lagen blank, und in solchen Momenten konnte ich manchmal Dinge hören, die gar nicht gesagt worden waren.

Doch schlimm genug war es auch so.

Geknickt ließ ich den Kopf hängen.

»Mach dir nichts draus«, sagte Francesca. »Diese Vivian ist die Pest. Und jeder, der ein bisschen was im Kopf hat, weiß das.«

»Spielt sie auch ein Instrument?«, fragte ich leise.

Francesca schüttelte den Kopf und lachte. »Nein. Vivian macht nichts, was anstrengend ist. Sie ist nur eine dumme Kuh, vergiss sie.«

Was einfacher klang, als es war.

Ich war kaum in München angekommen und hatte schon Feinde. Den Typen vom Jugendzentrum und Vivian aus meiner Klasse. Wenn ich in diesem Tempo weitermachte, konnte ich bald gegen ein ganzes Heer von Widersachern antreten. Und das war ein übles Gefühl. Und ein ganz und gar neues.

Am nächsten Morgen erklärte uns Frau Hochholzer, dass wir auf dem Weg seien, erwachsen zu werden. Aus dem Mund eines Lehrers war dieser Satz gefährlich, diente als Einleitung für Unannehmlichkeiten. Es gab plötzlich viele Dinge, die man machen oder ausprobieren sollte. Bei denen man sich anstrengen oder hart schuften musste.

»... und wer erwachsen ist, kann auch selbstständig arbeiten«, fuhr Frau Hochholzer fort. Bingo, ich hatte es geahnt. Offenbar mussten wir uns in Zukunft den Lehrstoff selbst beibringen. »Die Stadt München fordert alle achten Klassen auf, an einem Projekt teilzunehmen«, sagte Frau Hochholzer, »und ich möchte, dass wir uns anschließen. So bald als möglich.«

In der Klasse wurde es unruhig, einige tuschelten mit ihren Nachbarn, andere machten einen Witz oder lachten.

»Worum geht es bei diesem Projekt?«, fragte ein Mädchen aus der hinteren Reihe.

»Ihr könnt euch in Gruppen zusammenschließen, zu zweit oder alleine arbeiten, ganz wie ihr wollt«, erklärte Frau Hochholzer. »Und dann recherchiert ihr die Geschichte eures Stadtviertels, eurer Straße, der Gegend, in der ihr wohnt.«

»Wie bitte?«, keuchte ein untersetzter Junge mit Nickelbrille. »Wie sollen wir das denn machen? Das verschlingt eine Unmenge an Zeit, und wir haben auch noch andere Fächer.«

»So schlimm ist das gar nicht«, sagte Frau Hochholzer. »Ihr habt erst einmal meine Stunden in Deutsch. Und ihr könnt viel übers Internet machen. Ihr sollt euch aber auch eine Kamera schnappen und euer Viertel unsicher machen.«

»In welcher Form geben wir die Arbeit ab?«, fragte Francesca. Sie saß mit hochroten Wangen neben mir, offenbar gefiel ihr der Gedanke, selbstständig zu arbeiten. Sie hatte Feuer gefangen.

»Das bleibt euch überlassen«, entgegnete Frau Hochholzer. »Ihr könnt einen Essay schreiben. Einen Bericht. Eine geschichtliche Abhandlung. Oder eine Fotoreportage anfertigen. Ganz wie ihr wollt.«

»Und dann schicken wir es an die Stadt?«, fragte Francesca, und jetzt wusste ich, was sie beflügelte: der pure Ehrgeiz. Vermutlich gab es etwas zu gewinnen, einen Platz an der Journalistenschule oder eine Ehrennadel. Solche Aktionen waren ja oft mit einem Preis verbunden.

»Ja«, erwiderte Frau Hochholzer und nickte. »Die drei besten Projektergebnisse werden ausgezeichnet, und Preise gibt es natürlich auch.«

Ganz wie vermutet. Und nicht nur Francesca war ehrgeizig, der Großteil der Klasse ebenfalls. Wo gerade noch pure Langeweile in den Gesichtern gestanden hatte, machte sich Euphorie breit. Meine Mitschüler strahlten sich an, einige der Jungs krempelten sich sogar die Ärmel hoch und spuckten in die Hände, und Frau Hochholzer lächelte.

»Wie ich sehe, gefällt euch diese Idee. Ich mache euch folgenden Vorschlag: Schreibt doch mal das Viertel und die Straße, in der ihr wohnt, auf einen Zettel, und dann spazieren wir durchs Klassenzimmer. Vielleicht finden sich ja Paare oder Gruppen von Leuten, die in derselben Gegend wohnen.«

Gesagt, getan, und eine halbe Stunde später gab es jede Menge Paare und Gruppen. Francesca arbeitete mit zwei Mädchen zusammen, die in ihrer Straße wohnten, und auch die anderen hatten alle jemanden gefunden. Nur ich blieb allein. Keine Ahnung, ob das an meiner Straße lag oder daran, dass niemand mit einer Neuen zusammenarbeiten wollte. Etwas verloren stand ich neben meinem Platz an der Tür, als auch schon Frau Hochholzer auf mich zurauschte. »Du bist solo geblieben?«, fragte sie, und ich atmete erleichtert auf. Meine Lehrerin würde schon wissen, wer in meiner Gegend wohnte, und die passende Gruppe für mich finden.

Doch weit gefehlt.

»Da kann man wohl nichts machen«, sagte Frau Hochholzer und schüttelte den Kopf. »Meinst du denn, du kommst zurecht?«

Ich zuckte die Schultern, keine Ahnung.

»Und ganz neu in der Stadt bist du auch noch«, fuhr Frau Hochholzer fort. »Das ist ebenfalls nicht gerade von Vorteil. Na ja, versuchst du es eben!«

Vor Verblüffung blieb mir der Mund offen stehen. Nicht genug damit, dass meine Lehrerin keine Anstalten machte, eine Gruppe für mich zu finden, sie bescheinigte mir auch noch mangelnde Qualifikation für diese Aufgabe. Das war so ziemlich das Letzte, was mir in meiner schulischen Laufbahn widerfahren war. In Sekundenschnelle rutschte Frau Hochholzer auf meiner Skala der unbeliebten Lehrer ganz nach oben, auf die einsame Poleposition. Und dort würde sie bleiben bis in alle Ewigkeit.

»Ich brauche weder andere Leute, noch bin ich geistig zurückgeblieben«, sagte ich, und mein Lächeln war eisig. »Sie müssen keine Gruppe für mich finden oder mir helfen. Sie könnten das natürlich tun, aber bemühen Sie sich bloß nicht.«

Ich hatte das in einem ziemlich neutralen Ton gesagt, und Frau Hochholzer blickte völlig verdattert aus der Wäsche. Offenbar war sie sich nicht sicher, ob ich sie entlasten oder angreifen wollte. Oder ob ich mir einfach nur einen Scherz erlaubte.

In diesem Moment läutete der Gong, und die Stunde war beendet. Kopfschüttelnd verließ ich das Zimmer, traurig und tief getroffen. Die meisten Mitschüler hatten eine Gruppe, nur ich stand alleine da. Und das, wo diese Klasse meine einzige Möglichkeit war, Freunde zu finden. Das hatte ich zumindest gedacht, gehofft. Aber so war das natürlich nicht möglich. In den Deutschstunden würde ich alleine arbeiten, und wenn sich die anderen nachmittags zum Recherchieren trafen, ins Internet gingen oder ihre Viertel unsicher machten, war ich wieder alleine. Eine Welle von Selbstmitleid brandete über mich herein, und mir traten die Tränen in die Augen. Ich musste sehen, dass ich schleunigst hier wegkam, runter vom Schulgelände, irgendwohin, wo ich meine Ruhe hatte. Und dann würde ich heimgehen und Sam anrufen.

Meine Mutter hatte entweder einen siebten Sinn, oder sie ahnte, dass ich in Schwierigkeiten steckte, denn sie hatte Kohlrouladen gemacht. Das war mein absolutes Lieblingsessen und heiterte mich eigentlich immer auf. Aber heute war das schwierig. Ich stocherte in den Rouladen herum und brachte kaum einen Bissen hinunter.

»So schlimm?«, fragte sie, schob ihren Teller beiseite und beugte sich über den Tisch. »Magst du es mir erzählen?«

Eigentlich wollte ich nicht, aber nach wenigen Minuten sprudelte doch die ganze Geschichte aus mir heraus. Haarklein berichtete ich von diesem doofen Projekt. Für das sich die anderen zu Gruppen zusammengeschlossen und mich übrig gelassen hatten. Und von Frau Hochholzer erzählte ich natürlich auch.

»Das ist doch die Höhe!«, schimpfte Mama. »Es liegt in ihrer Verantwortung, dass du eine Arbeitsgruppe findest, und was soll dieser dumme Spruch? Ich gehe gleich morgen zu ihr.«

Das war nicht das, was ich hören wollte. Die Mutter der Neuen spricht mit der Klassenleitung. Nein, das ging gar nicht. Und an meiner Lage würde es nicht das Geringste ändern.

»Lass mal«, sagte ich und schüttelte den Kopf. »Außerdem liegt es ja nicht an der Lehrerin. Mich hat einfach niemand gefragt. Die haben keine Lust, mit einer Neuen zusammenzuarbeiten.«

»Und wenn ich dich unterstütze?«, fragte meine Mutter.

»Das ist lieb, aber da muss ich alleine durch«, erwiderte ich. So weit kam es noch, dass ich das Schulprojekt mithilfe meiner Mutter machte.

»Vielleicht ist das ja eine gute Gelegenheit, dieses Viertel ein bisschen besser kennenzulernen«, sagte Mama und versuchte, aufmunternd zu klingen. Was ihr nicht ganz gelang.

»Wir sollen im Netz recherchieren«, sagte ich, nahm die halb vollen Teller vom Tisch, räumte sie in den Kühlschrank und spülte das Besteck. Dabei biss ich auf meiner Unterlippe herum, wie ich das immer machte, wenn ich nachdachte.

»Ist das denn vorgegeben?«, fragte meine Mutter plötzlich. »Müsst ihr das so trocken und theoretisch recherchieren?«

Verblüfft sah ich sie an. Nein, vorgegeben war das nicht, da hatte sie schon recht. »Du meinst wirklich, ich sollte es anders machen? Durchs Viertel spazieren und Fotos schießen?«

»Zum Beispiel«, erwiderte meine Mutter. »Du kannst erst recherchieren, dann losmarschieren, und Fotos, ich weiß nicht. Eigentlich kannst du viel besser zeichnen als fotografieren!«

Das stimmte. Ich zeichnete ganz gute Comics und kleine Cartoons, aber bis heute hatte meine Mutter wenig Begeisterung dafür gezeigt.

Wir sahen uns an, und dann prusteten wir los und lachten, bis die Wände wackelten. »Ich glaub es nicht«, stöhnte ich. »Da werde ich jahrelang gebeten, mit diesen Comics aufzuhören …«

»Wenn es einer guten Sache dient«, sagte meine Mutter und versuchte, ernst zu bleiben. »Warum nicht? Aber jetzt muss ich weiter auspacken, in dieser Wohnung sieht es immer noch aus wie in einer Rumpelkammer.«

Mit diesen Worten stand sie auf, strubbelte mir im Vorbeigehen durch die Haare und stürzte sich auf die Umzugskisten im Flur. »Ich helfe dir«, sagte ich. Denn eine Hand wusch die andere. Und meine Mutter hatte mir gerade eine hervorragende Idee geliefert.

Und während ich die Kisten auspackte, alte Bilderrahmen von Zeitungspapier befreite und die Bücher in die Regale stellte, war ich in Gedanken beim Schulprojekt. Gut, sollten die anderen doch blöde Texte aus dem Netz fischen. Geschichtliche Daten sammeln und womöglich noch beim Bauamt anrufen. Das war sicherlich eine gute Methode. Aber nicht die beste.

Ich konnte auch ein bisschen im Netz recherchieren. Einfach, um mich überhaupt zurechtzufinden. Und zu gucken, was es in meiner Nähe Spannendes gab. Und dann konnte ich loslegen. Das Viertel erkunden. Mit den Leuten in Kontakt kommen. Vielleicht die eine oder andere Geschichte aufschnappen, Bilder machen oder Comics zeichnen.

»Eine super Idee hast du da gehabt«, sagte ich Stunden später zu meiner Mutter. Wir knieten über der letzten Kiste und sahen aus, als hätten wir einen verstaubten Keller entrümpelt oder den Fluchtversuch aus einem Verlies überlebt.

»Du meinst die Sache mit dem Projekt?«, fragte meine Mutter.

»Was denn sonst?«, erwiderte ich. Im Moment gab es nichts anderes in meinem Leben. Keine spannenden Nachmittage, keine Sam, nicht einmal mein Saxofon. Nur dieses Projekt. Aber das zumindest konnte ganz witzig werden. Wenn ich es klug genug anstellte. Und kreativ bei der Sache blieb.

»Ich bräuchte einen neuen Skizzenblock«, sagte ich. »Ein paar gute Stifte, Farben. Papas Videokamera vielleicht.«

»Kannst du alles haben«, sagte meine Mutter. So großzügig war sie selten, ein Wunder. Nein, ein wichtiger Teil ihres Tochter-Rettungs-Programms. Es kam mir äußerst gelegen, schien wirklich gut zu sein, und ich war aus tiefstem Herzen dankbar.

Wir räumten das Schlaf- und Wohnzimmer ein und schließlich auch noch mein Zimmer, und als mein Vater am Abend nach Hause kam, hatte sich meine Laune bereits so weit gebessert, dass ich schon wieder Witze machen konnte.

»Du siehst aus wie eine Maus, die in einen Fleischwolf geraten ist«, begrüßte ich ihn. »Wärst wohl auch lieber in Berlin geblieben, was?«

»Nun ja«, sagte mein Vater und wand sich aus seinem Mantel.

»WAS MACHEN WIR DANN NOCH HIER?«, kreischte ich. »ZURÜCK, ALLES AUF ANFANG!«

»Jetzt, wo ihr endlich die Kisten ausgepackt habt?«, fragte mein Vater belustigt und marschierte zum Kühlschrank.

06

»UND DIESER TYP IST EINFACH IN DICH REINGEDONNERT?«, fragte Sam und lachte. »Wie sah er denn aus?«

Ich schmunzelte und klemmte den Hörer noch fester zwischen Schulter und Ohr. Es war ein schönes Gefühl, Sams Stimme zu hören.

»Keine Ahnung, ziemlich cool wahrscheinlich«, erwiderte ich. »Während ich genau in einer Pfütze landete und wie eine geduschte Straßenratte aussah. War jedenfalls ein Arschloch.«

Aber es kam ja noch schlimmer. Ich erzählte Sam von dem Jugendzentrum, in das ich wohl niemals einen Fuß setzen durfte, und von dieser Vivian erzählte ich auch.

»Das waren also deine Erlebnisse auf der Minusseite«, sagte Sam. »Was haben wir auf der Plusseite?«

Auf der Plusseite hatten wir Francesca. Die neben mir saß. Und Jonas, mit dem ich immerhin schon drei Sätze gewechselt hatte.

»Das ist ein bisschen wenig«, sagte Sam, und ich musste lachen. Und berichtete noch von dem Projekt.

»Wie, das musst du ganz alleine machen?«, fragte Sam

und schnaufte. »**Das ist doch das Allerletzte.** Wärt ihr nur nicht weggezogen, dann wär uns das alles erspart geblieben.«

Es war cool, wie Sam das sagte.

Sie sagte **uns**.

Ganz so, als passierte das nicht nur mir alleine.

Sondern auch ihr.

»Du bist eine Zuckerschnute«, sagte ich und lachte. »Und ich vermisse dich. Wann kommst du mich besuchen?«

»Sobald du dich in deinem Viertel auskennst«, sagte Sam. »Und weißt, wo wir hingehen können. Möchte mir schon ansehen, was da an Saxofonisten rumläuft.«

Ich bezweifelte, dass in diesem Viertel überhaupt Saxofonisten rumliefen. Oder sich irgendwo trafen. Aber ich hielt schön meine Klappe. Denn Sam musste kommen, Saxofonisten hin oder her. Und ich würde einen Teufel tun und verraten, dass ich im Niemandsland gestrandet war. In einem langweiligen Viertel in einer noch langweiligeren Stadt. Mit Kinderwagen, die auf der Straße herumstanden, und einsamen Hunden, die um die Häuser streunten.

»Poste doch mal ein paar Bilder auf Facebook, ich würde gern sehen …«, plapperte Sam munter weiter, während meine Gedanken abschweiften. Vielleicht konnte ich die Arbeit mit Sam zusammen machen. Via Internet und Facebook war das eigentlich kein Problem. Aber Sam war nicht besonders gut in der Schule und hatte im Moment jede Menge eigener Probleme. Also verwarf ich den Gedanken wieder, quatschte noch ein bisschen mit ihr über gemeinsame Bekannte, unseren Kiez rund um die Kastanienallee, und dann spielte sie mir noch ein Stück vor, das sie vor ein paar Tagen gehört hatte und das ihr nicht mehr aus dem Kopf ging. »Cooler Sound, oder?«, fragte sie anschließend, und ich stimmte ihr zu. »Ich werde versuchen, möglichst schnell mit meinem Vater die Musikkammer zu isolieren«, versprach ich. »Und wenn du dann kommst, können wir endlich wieder zusammen spielen.«

»In ein paar Wochen sind ja schon Weihnachtsferien«, sagte Sam. »Diesen Termin sollten wir ernsthaft anpeilen.«

Weihnachtsferien, welch Zauberwort. Ein Lichtstreif am Horizont. Ein Grund zur Freude. Und wie es im Moment aussah, der einzige. Ich knutschte Sam durchs Telefon, dann legte ich auf, ging ins Bad und putzte die Zähne. Als ich eine halbe Stunde später in mein Bett schlüpfte, war ich mir sicher, dass ich in dieser Nacht endlich gut träumen würde. Vielleicht von den Ferien. Der neuen Musikkammer oder meiner besten Freundin Sam.

Sam war einfach cool. Sie schien nie um eine Antwort verlegen, und was sie sagte, entsprach der Wahrheit. Sie konnte herrlich lachen, alle amerikanischen Präsidenten des 20. Jahrhunderts aufsagen, und außerdem konnte sie kochen. Kartoffelsuppe mit Würstchen und

Rindergulasch. In Mathe war sie schlecht, aber Dreisatz beherrschte sie wie eine Weltmeisterin. Und sie konnte Fußballspiele kommentieren – auf Englisch. So war das mit Sam. Sie beherrschte nie etwas komplett, aber sie konnte von allem ein bisschen was. Und das dann meistens extrem gut.

Ganz ähnlich lief es mit dem Saxofon. Während ich versuchte, insgesamt eine sicherere Technik hinzubekommen, übte Sam manchmal wochenlang an einem einzigen Stück, aber das spielte sie dann perfekt. Noch im Einschlafen dachte ich darüber nach, wie verrückt das doch eigentlich war. Und wie sehr ich mich darauf freute, bald wieder mit ihr zu spielen. Stundenlang dieselben Sequenzen, tagelang dasselbe Stück. Leider träumte ich in dieser Nacht nicht von Sam. Sondern von der Wüste in Nevada. Einer Schlange und einem kleinen Sack voll Geld. Was seltsam, aber auch gut war.

Am nächsten Morgen war ich ziemlich gerädert. Vom Ausräumen der Kisten hatte ich doch tatsächlich Muskelkater, und als dann wegen einer Stromstörung auch noch die Straßenbahn ausfiel, musste ich den Weg zur Schule laufen. Im wahrsten Sinne des Wortes. Denn ich hatte nicht die geringste Lust, zu spät zu kommen.

»Sieh an, die Neue«, sagte Vivian, als ich eine Minute vor acht ins Klassenzimmer schlüpfte. Sie selbst stand noch im Flur und wartete wohl auf einen Lehrer, denn sie reckte ihren schlanken Hals wie eine Gans, die nach Hunden Ausschau hielt.

»Kannst du das mal lassen?«, blaffte ich zurück, verschwand im Klassenzimmer und setzte mich aufatmend auf meinen Platz. Die Klasse war bereits voll, überall wurde gelacht und geredet, Handys und Zeitschriften wurden weggesteckt, und dann waren im Flur auch schon die schweren Schritte von Frau Hochholzer zu hören.

»Wir arbeiten heute im Computerraum!«, rief sie schon von Weitem. »Packt eure Sachen und kommt mit.« In Windeseile griffen wir nach unseren Taschen, Mänteln und Jacken und folgten ihr. Treppauf, treppab in den zweiten Stock, durch eine kleine Aula hindurch und einen Flur hinunter. Bis wir uns in einem riesigen Raum wiederfanden. Mit langen Tischen, auf denen jede Menge Computer standen.

»Jede Gruppe schnappt sich einen oder zwei Computer«, erklärte Frau Hochholzer. »Und dann geht's los. Sucht schon mal die ersten Infos über euer Viertel heraus.«

Ich setzte mich an einen Computer im hintersten Eck. Hier hatte ich meine Ruhe und konnte ungestört surfen. Vielleicht auch eine Mail an Sam schreiben oder ein bisschen was auf Facebook posten. Mal sehen. Aber erst einmal suchte ich nach Infos zu meiner Straße und dem Viertel. Und ich wurde ganz schnell fündig. *Schmuddelstraße* betitelte eine Zeitung die Straße, in der ich wohnte. Und mein Viertel nannten sie doch tatsächlich *Glasscherbenviertel*. Ich staunte nicht schlecht. Das klang

tatsächlich interessant, und während um mich herum noch geredet, gelacht und diskutiert wurde, versank ich in dem Artikel. Und gleich danach im nächsten.
Und dann schrieb ich an Sam:

Stell dir vor, ich wohne in einem ziemlich hässlichen Viertel. Früher haben hier die Arbeiter aus den Brauereien gelebt, und die hatten nicht viel Geld. Kleine Wohnungen und noch kleinere Zimmer. Später zogen dann türkische Familien hierher, und während des Bürgerkriegs in Jugoslawien kamen Bosnier und Kroaten. Sehr multikulturell, aber wie das mit der Musikszene aussieht, kann ich dir leider noch nicht sagen. Aber ich habe diesen wahnsinnscoolen Laden entdeckt mit den Saxofonen, eigentlich ist das eher eine Werkstatt. Ich gehe da heute Nachmittag mal hin. Vielleicht kann mir Mister Sax ja weiterhelfen.

Unbemerkt war Frau Hochholzer hinter mich getreten und blickte mir über die Schulter. »Du sollst keine privaten Mails schreiben, sondern recherchieren«, sagte sie und stach mit ihrem dicken Zeigefinger auf meinen Bildschirm.

»Ich kommuniziere mit meiner Gruppe«, sagte ich, und als ich in das verblüffte Gesicht von Frau Hochholzer sah, freute ich mich über meine Schlagfertigkeit. Eins zu null für mich. Schließlich gab es ja nicht nur diese Klasse mit diesen uncoolen Schülern, sondern auch noch eine Welt außerhalb. Sollte Frau Hochholzer doch denken, was sie wollte. Sie sah ein bisschen nachdenklich aus, dann zog sie sich einen Stuhl heran und setzte sich neben mich.

»Ich kann dir auch gerne helfen«, sagte sie jetzt. Auf einmal wirkte sie unsicher. Fast so, als fiele ihr auf, dass ich es vielleicht gar nicht so einfach hatte. Als Neue in der Klasse und ganz alleine vor einem Computer.

»Gut«, erwiderte ich und schloss meine Seite. Dann wandte ich mich an Frau Hochholzer und kritzelte mit schnellen Strichen ein paar Straßenzüge auf ein Papier. »Das hier ist meine Straße«, sagte ich. »Hier gibt es einen Waschsalon, hier einen Saxofonladen und dort hinten ein Jugendzentrum. Ich weiß noch nicht, was ich daraus mache, aber es könnte vielleicht ganz interessant sein, mit ein paar Leuten dort zu quatschen.«

Dass ich weder wusste, wie man Wäsche wusch, noch im Jugendzentrum sonderlich willkommen war, verschwieg ich. Immerhin konnte ich Saxofon spielen und mich in dieser Werkstatt ein bisschen umhören.

»Das sind doch lauter gute Ideen«, sagte Frau Hochholzer und lächelte. »Und persönliche Kontakte sind immer etwas wert. Melde dich einfach, wenn ich dir helfen kann.«

Na, immerhin. Frau Hochholzer wandte ihre Aufmerksamkeit wieder den anderen zu, und ich konnte meine Mail an Sam beenden.

… Ich vermisse dich, liebe Sam. Und freue mich schon wahnsinnig auf die Weihnachtsferien. Bis dahin habe ich sicher ein paar Orte gefunden, wo Saxofonisten auftreten.
Bin guter Dinge, xxx Maja

Das mit den guten Dingen war reichlich übertrieben, aber ich wollte nicht schon wieder jammern. Es wurde Zeit, mein Leben in dieser Stadt in die Hand zu nehmen. Höchste Zeit.

07

MISTER SAX STAND HINTER SEINER WERKBANK und deutete auf eine Unmenge von Tenor- und Altsaxofonen. Sie hingen an der Wand oder lagen vor ihm auf dem Tisch. Bekamen neue Mundstücke, neue Klappen oder wurden sonst wie repariert.

»Du willst etwas über diese Straße schreiben und kommst ausgerechnet als Erstes zu mir?«, fragte Mister Sax. Hinter seinem weißen Bart zeigte sich die Spur eines Lächelns. Dann wischte er sich die Hände an seiner blauen Latzhose ab und schob mich durch eine Tür mit einem Vorhang. »Dann schlage ich doch vor, dass wir eine Tasse Tee zusammen trinken. Ich mache eine kurze Pause, und du erklärst mir, was du wissen willst.« Er füllte einen Teekessel mit Wasser und stellte ihn auf einen Zweiplattenherd, bot mir einen Stuhl an und setzte sich mir gegenüber. »Es geht um so eine Projektarbeit«, sagte ich, und dann sprudelte die ganze Geschichte auch schon aus mir heraus. Dass ich neu in dieser Stadt war, Saxofon spielte, aber noch nicht üben konnte (weil ich keinen passenden Raum hatte) und auch noch keinen Lehrer hatte, der mich unterrichtete. Und dass wir jetzt diese Arbeit schreiben sollten und ich als Erstes zu ihm gekommen war.

»Tenor oder Alt?«, fragte Mister Sax.

»Tenor«, sagte ich, und Mister Sax griff nach einem besonders schönen Instrument, hob es aus seiner Halterung und reichte es mir. Ich nahm ihm das Saxofon aus der Hand, und dann spielte ich. Alles, was mir gerade so einfiel. Als Letztes ein paar Passagen aus *Kansas City*. Und weil ich dabei an Sam denken musste und sie unendlich vermisste, spielte ich diese Passagen besonders gut.

»Perfekt«, sagte Mister Sax, als ich ihm das Saxofon zurückgab. »Du musst dringend wieder spielen, man merkt richtig, wie sehr es dir fehlt.«

»Mein Vater richtet mir in unserer Wohnung eine kleine Kammer her«, sagte ich, »aber das dauert. Die anderen Mieter wären sicher nicht begeistert, wenn ich ohne Schallisolierung übe.«

Mister Sax lachte und schenkte mir eine Tasse Tee ein. »Aber das kann man doch absprechen«, sagte er. »Geh doch mal von Wohnung zu Wohnung und frag nach, wann die Leute bei der Arbeit sind oder zu welcher Zeit sie gestört werden können. Außerdem gibt es hier das Jugendzentrum. Und soweit ich weiß, haben die im Keller ganz neue Musikräume, die man kostenlos nutzen kann.«

Ich seufzte. »Leider habe ich es mir gleich mit einem der Typen dort verscherzt«, erwiderte ich, und Mister

Sax musste wieder lachen. »Keine gute Phase im Moment?«

Er schüttelte den Kopf, riss ein Stückchen Papier von einem Block und kritzelte ein paar Zeilen darauf. »Zufälligerweise kenne ich den Leiter des Zentrums. Er heißt Hakim und ist ein klasse Typ. Sag ihm, dass du von mir kommst, und erzähl ihm, dass du was über das Zentrum schreiben willst und außerdem einen Platz zum Üben suchst. Das wird schon klappen.«

In Sekundenschnelle verwandelte sich Mister Sax von einem alten Mann in Latzhose in einen Engel. Einen rettenden Engel. Mit kleinen Flügeln aus silbernem Flaum. Die konnte man sogar sehen, natürlich, denn jeder Engel hatte Flügel. Ich bat Mister Sax um ein Blatt aus seinem Notizblock, und dann zeichnete ich ihn. Mit wenigen Strichen, aber ich traf ihn gut. Sein rundes Gesicht, den Bart, das herzliche Lächeln. Die Latzhose und den kleinen rundlichen Bauch, der sich darunter verbarg. Zu guter Letzt malte ich ihm noch zwei Flügel und reichte ihm das Papier über den Tisch.

»Sie sind ein Engel«, sagte ich und stand auf.

»Donnerwetter«, staunte Mister Sax. »Zeichnen kannst du auch. Nicht schlecht. Und herzlichen Dank!«

»Ich danke ebenfalls«, erwiderte ich und schüttelte ihm die Hand. »Darf ich mal wiederkommen?«

»Jederzeit«, sagte Mister Sax. »Ich freue mich immer über nette Gesellschaft und eine kleine Pause bei einer guten Tasse Tee.«

Dann verließ ich die Werkstatt. Draußen schien die Sonne, und ihre Strahlen wärmten noch, selbst jetzt im Herbst, selbst hier in dieser Stadt. Zum ersten Mal seit Tagen hatte ich richtig gute Laune, bummelte durch die Straßen und pfiff vor mich hin. Und als ich nach Hause kam, setzte ich meinen Plan in die Tat um. Ich begann im Erdgeschoss und drückte auf die erste Klingel.

»Was hast du denn heute gemacht?«, fragten meine Eltern, als wir abends zusammen beim Essen saßen. Es gab Spiegeleier mit Kartoffelbrei, und ich hatte so viel Hunger wie schon lange nicht mehr.

»Ich war bei Mister Sax«, sagte ich, und dann erzählte ich von der netten Begegnung mit dem alten Herrn, dem Vorspielen und meinem Rundgang durch unser Haus.

Nun waren meine Eltern ganz Ohr. »Und, was haben die Nachbarn gesagt?«, fragte mein Vater.

»Leider waren nicht allzu viele zu Hause«, sagte ich und grinste. »Ich muss gleich nach dem Abendessen noch mal los. Aber ich glaube, das läuft gut. Die zwei älteren Leute, die ich angetroffen habe, hatten überhaupt nichts dagegen. Die eine Dame ist schwerhörig, und die andere war ausgesprochen freundlich.«

»Mal sehen, wie lange das anhält mit der Freundlichkeit«, sagte meine Mutter und zwickte mich in die Wange. »Du weißt selbst, wie laut du bist, wenn du spielst.«

»Beschweren können sie sich immer noch«, erwiderte mein Vater und grinste. »Aber erst mal finde ich es super, dass Maja die Initiative ergreift. Und irgendwann ist dann auch der Übungsraum fertig. Ich habe nur im Moment wenig Zeit … Aber an einem der nächsten Wochenenden nehmen wir das in Angriff, okay?«

Ich strahlte meinen Vater an und nickte. Dann sprang ich auf und stellte meinen Teller in die Spülmaschine. »Ich geh noch mal durchs Haus und klappere die einzelnen Wohnungen ab. Es kann spät werden.«

Letzteres sollte ein Witz sein.

Aber genau so kam es.

Im zweiten Stock wohnte eine Familie mit vier Kindern. Und ein alleinstehendes Pärchen. Familie Brauer war sehr freundlich und bat mich sofort herein. »Wie du siehst, geht es bei uns auch nicht gerade leise zu«, sagte die Frau. Sie hatte ein schreiendes Baby im Arm und ein quengelndes Kleinkind an der Hand.

»Aber das ist nichts im Vergleich zu einem Saxofon«, wandte ich ein. »Es wär auch nicht für lange, nur bis mein Übungsraum fertig ist, und der ist dann schallisoliert.«

»Von mir aus kannst du gern üben. Am besten zwischen fünf und sieben Uhr am Nachmittag. Dann schläft keins der Kinder.«

Ich bekam noch eine Tasse Kakao, musste das Baby kurz halten, das Brot für die Kleinen schneiden, und als ich mich endlich verabschieden konnte, war ich um eine Erfahrung und einen Spuckfleck auf meinem neuen Pullover reicher.

Das kinderlose Pärchen war nicht ganz so herzlich, aber in der Sache ebenfalls sehr entgegenkommend. »Wir arbeiten beide bis neunzehn Uhr«, sagte der Mann. »Was tagsüber hier passiert, bekommen wir also gar nicht mit. Und selbst wenn, ich glaube, es würde uns auch nicht stören. Vielleicht übst du nicht gerade sonntags, da schlafen wir nämlich den halben Tag.«

Bingo, der Anfang war gemacht. Jetzt fehlten eigentlich nur noch die Leute in den Wohnungen über uns. Zuerst klingelte ich links oben im vierten Stock. Ein pickliger Junge öffnete die Tür, er war etwa in meinem Alter, und blickte mich misstrauisch an.

»Was willst du?«, fragte er.

»Mit deinen Eltern reden. Sind sie zu Hause?«

Der Junge zuckte die Schultern und brüllte ein kurzes MAM durch den Flur. Eine Tür ging auf, und eine Frau im Morgenmantel schlurfte auf mich zu. Eigentlich war sie noch ziemlich jung und sah auch ganz gut aus, aber irgendetwas war komisch mit ihr. Die Schritte, ihr Blick, ich konnte es nicht genau sagen. »Ja, bitte?«, fragte sie, und ich brachte mein Anliegen vor. Kurz und knapp, damit das Interesse der Frau nicht erlosch. »Saxofon?«, fragte sie und verzog gequält das Gesicht. »Ich habe ziemlich oft Migräne. Wenn ich mir vorstelle, du würdest gerade dann Saxofon spielen …, um Gottes willen!«

»Wenn Sie Migräne haben, spiele ich natürlich nicht«, sagte ich schnell. »Aber an den anderen Tagen, vielleicht so um fünf Uhr nachmittags für eine halbe Stunde? Meinen Sie, das ginge?«

Die Frau zuckte die Schultern, drehte sich um und schlurfte über den Flur zurück in ihr Zimmer.

»Sie ist krank«, sagte der Junge. »Mal ist es besser, mal schlechter. Spiel doch einfach, und wenn es meine Mutter stört, komme ich runter und sage Bescheid.«

»Das ist sehr nett von dir, danke«, murmelte ich.

»Wie heißt du?«, fragte der Junge.

»Maja«, antwortete ich. Etwas erstaunt, dass er sich offenbar doch für mich und meinen Besuch interessierte.

»Tim«, sagte der Junge, nickte mir zu und schloss die Tür.

Jetzt blieb noch der letzte Hausbewohner. Der direkt über uns wohnte. Anscheinend handelte es sich um einen älteren Herrn, das jedenfalls hatte meine Mutter gesagt. Ich klingelte. Zaghafter jetzt. Vielleicht war der Mann ja auch krank, dann hatte ich sowieso verloren.

Langsam näherten sich Schritte, dann öffnete sich die Tür. Mir gegenüber stand ein kleiner, hagerer Mann, der aussah, als wäre er hundert Jahre alt. Seine Haut war faltig, und seine Augen schimmerten weiß.

»Ich bin fast blind«, sagte der Mann. »Wer ist denn da?«

»Ich heiße Maja«, sagte ich so höflich wie möglich. »Und wir wohnen jetzt unter Ihnen. Ich wollte …«

»Das ist aber nett«, erwiderte der Mann. »Ein Antrittsbesuch. Dann komm doch bitte herein.«

Ich trat in den dunklen Flur und blickte mich unsicher um.

»Geh einfach immer geradeaus bis ins Wohnzimmer. Diese Wohnung ist genauso geschnitten wie die unten, du kannst es also nicht verfehlen.«

Ich ging ins Wohnzimmer. Dabei stolperte ich über einen Hocker und einen Regenschirm. Der alte Mann drückte auf den Lichtschalter. »So, liebe Maja. Damit wenigstens du etwas siehst.«

Ich setzte mich auf die Kante eines Sessels und sah mich neugierig um. Das Wohnzimmer war vollgestopft mit Erinnerungsstücken, Bildern, Nippes und Partituren. »Sie machen Musik?«, fragte ich verblüfft.

Betrübt schüttelte der alte Mann den Kopf. »Nicht mehr, leider. Meine Hände spielen nicht mehr mit. Arthrose.«

Er hielt mir die zitternden Hände hin. Sie sahen seltsam verwachsen aus, mit Knöcheln so groß wie Blumenzwiebeln. Dann deutete er auf das Klavier an der Wand. »Ich war ein ganz guter Pianist«, sagte er. »Aber das ist lange her.«

Ich ging ans Klavier, schlug den Deckel hoch und spielte ein paar Takte aus Beethovens »Für Elise«. Es war das Einzige, was ich auf diesem Instrument konnte.

»Uh, das klingt ja schauderhaft«, sagte der alte Mann. »Ich heiße übrigens Eisenstein. Victor Eisenstein.«

Ich musste lachen und klappte den Deckel des Klaviers schnell wieder herunter. »Ich spiele Saxofon«, sagte ich und setzte mich wieder auf die Sesselkante. Der alte Mann setzte sich ebenfalls. »Saxofon? Ein schönes Instrument. Mein Freund Arthur spielte Saxofon. Während unserer Studentenzeit sind wir gemeinsam in Kneipen aufgetreten. Aber das ist natürlich lange her. Wenn du möchtest, erzähle ich dir gern davon.«

Ich hatte nichts dagegen. Mir gefiel es in diesem Raum, diesem Zimmer voller Erinnerungen. Der Mann musste über neunzig sein, zumindest sah er so aus, und er war mir auf Anhieb sympathisch. Außerdem war er mit einem Saxofonisten aufgetreten, und so stand es außer Frage, dass ich alles hören wollte, was er zu erzählen hatte.

»Lebten Sie hier?«, fragte ich vorsichtig. »In München?«

»Um Gottes willen, nein«, erwiderte der Mann. »Wir wohnten in Berlin. In Westberlin, um genau zu sein.«

»Ich komme auch aus Berlin«, erwiderte ich.

Und damit war das Eis endgültig gebrochen. Als wir uns eine Stunde später voneinander verabschiedeten, musste ich Herrn Eisenstein versprechen, so oft wie möglich auf meinem Saxofon zu spielen. Und so laut wie möglich, damit er es auch hörte. »Schau mal wieder vorbei. Ich bekomme nur selten Besuch. Meine Freunde und Verwandten sind fast alle gestorben.« Und damit deutete er in einer vagen Geste auf die Wand, an der jede Menge Fotos hingen. Ich trat einen Schritt näher und betrachtete die Bilder. Herr Eisenstein in jungen Jahren am Klavier.

Herr Eisenstein mit einer Frau. Herr Eisenstein mit seinem Freund Arthur in einer Pianobar. Und ein neueres Foto mit einem Jungen, der mir seltsam bekannt vorkam.

»Das darf doch nicht wahr sein«, murmelte ich leise.

»Stimmt etwas nicht?«, fragte Herr Eisenstein.

»Nein, nein. Alles in Ordnung«, erwiderte ich schnell. Ich verabschiedete mich herzlich von dem netten Herrn, versprach, bald wiederzukommen, und verließ die Wohnung. Nachdem die Tür hinter mir ins Schloss gefallen war, stieg ich die Stufen zu unserer Wohnung hinunter. Langsam, sehr langsam. Und äußerst nachdenklich. Der Junge auf dem Foto war eindeutig der Typ, der mich umgefahren hatte. Woher die beiden sich wohl kannten? Kurzerhand beschloss ich, Herrn Eisenstein danach zu fragen. Bei meinem nächsten Besuch oder beim übernächsten. Nur nichts überstürzen und nie zu aufdringlich sein. Hätte Sam jetzt gesagt.

Neugier hin, Neugier her.

Manchmal gab es eben merkwürdige Zufälle.

Eine letzte Wohnung war noch geblieben, und beinahe hätte ich sie vergessen. Wenn man durch unser Haus hindurchging, gab es im Hinterhof eine kleine Werkstatt. Und nebendran war eine Wohnung. Auf dem Dach von Werkstatt und Wohnung befand sich eine Dachterrasse, eine schöne Sache, besonders im Sommer. Ich bummelte durch den Hinterhof, warf einen Blick durch die Fenster der Werkstatt, aber ich konnte nichts erkennen. Es roch nach Holz und ein bisschen wie in einer Schreinerei, aber auch nach Klebstoff und Farben. Aus der angrenzenden Wohnung waren laute Stimmen zu hören, und ich klingelte. Ein Junge öffnete die Tür. Er war groß und schlank, trug Jeans und Sweatshirt und war vielleicht etwas älter als ich. Er hatte feuerrote Haare, die ihm wirr vom Kopf standen. Wie Antennen oder Blitzableiter.

»Was willst du?«, fragte er. In einem seltsamen Singsang und mit leichtem Akzent in der Stimme.

»Ich bin Maja, wohne jetzt hier und wollte fragen, ob ich Saxofon spielen kann. Also, ich meine …, darf …, also, ich wollte fragen …«

»Brendan, wer ist denn da?«, rief jemand aus dem Hintergrund.

»Hier ist eine Maja, die nicht richtig sprechen kann«, rief der Junge über seine Schulter in die Wohnung hinein.

Ich wollte mich gerade aufregen, doch da winkte mich der Junge auch schon herein und führte mich ins Wohnzimmer. Na ja, Wohnzimmer war vielleicht der falsche Begriff. In einen riesigen Raum, mit einer langen Kochzeile, einem Esstisch, einer Couchgarnitur, Bücherschränken und Regalen. Es war ein einziges Durcheinander, und in diesem Durcheinander saß noch jemand mit feuerroten Haaren. Ein Junge, der eindeutig ein wenig jünger war. Vielleicht elf oder so.

»Ich bin der Bruder«, sagte er. »Und ich heiße Aengus.«

Und dann kam noch ein dritter Junge. Ebenfalls mit knallroten Haaren. Allerdings war der schon etwas älter, fünfzehn vielleicht. »Ich bin Duncan«, sagte er und stopfte sich einen Schokoriegel in den Mund wie ein Schwertschlucker.

Ich stand da wie versteinert und bekam den Mund nicht auf. Mit drei Jungs in einem Zimmer zu sein, war schon eine Sache, die mich nicht gerade gesprächig werden ließ. Aber mit drei Brüdern, die alle aussahen wie Kalle Wirsch – das war schon eine äußerst einschüchternde Situation.

»Ich, äh …, ich heiße Maja«, stotterte ich und wurde rot.

»Und ich bin Brendan«, sagte der Junge, der mich reingelassen hatte. »Also, worum geht es?«

Mühsam brachte ich mein Anliegen vor, während die Jungs mich anstarrten, als käme ich von einem anderen Planeten.

»Wenn du spielen willst, spiel halt«, sagte Brendan.

»Ist ganz allein deine Sache«, sagte Aengus.

»Wer fragt, riskiert ein Nein«, sagte Duncan. »Aber mach nur.«

Und damit wäre mein Anliegen eigentlich abgehakt gewesen. Aber diese Jungs wirkten so skurril und außergewöhnlich, dass mir plötzlich das Projekt einfiel. »Meint ihr, ich könnte euch für eine Arbeit über dieses Viertel interviewen?«

Nun hatte ich ihre vollste Aufmerksamkeit.

»Interviewen?«, fragte der eine.

»Für die Zeitung oder das Fernsehen?«, fragte der andere.

Ich bemühte mich zu erklären, worum es ging und dass es nicht so großartig war, wie sie dachten. Keine Zeitung, kein Fernsehen, nur eine kleine Projektarbeit.

»Wer weiß«, sagte Aengus. »Mit uns kommst du vielleicht schon ins Fernsehen. Schon mal drei solche Typen gesehen? Unser Vater war Ire. Er fuhr zur See, und unsere Mutter ist Künstlerin. Sie arbeitet in der Werkstatt nebenan.« Aengus deutete Richtung Küchenzeile.

»Außerdem haben wir noch den Waschsalon«, sagte Brendan. »Aber den betreiben fast ausschließlich wir.«

»Wie bitte?«, fragte ich. Ich musste mich verhört oder etwas falsch verstanden haben. Kein Waschsalon dieser Welt wurde von Jugendlichen geleitet, noch dazu von Jungs in dem Alter.

»Na ja, eigentlich ist es Mamas Laden«, sagte Brendan. »Kleiner Nebenverdienst und so. Aber sie hat wenig Zeit und oft überhaupt keine Lust. Da machen wir das eben. Das Geld ist sowieso für uns.«

»Und was macht ihr da so?«, fragte ich vorsichtig.

Ich hatte große Mühe, mir Brendan oder gar Duncan beim Aussortieren von Wäsche vorzustellen. Oder beim Verkauf von Waschmittel an ältere Damen.

»Komm doch einfach mit«, sagte Aengus. »Dann zeig ich es dir.« Die Brüder nickten, sprangen auf, und ich bekam das merkwürdigste Geleit meines Lebens.

Drei Ebenbilder von Kalle Wirsch führten mich über den Hinterhof in einen Waschsalon. In den schönsten Waschsalon, den ich je gesehen hatte. Nun gut, allzu viele hatte ich nicht gesehen, das musste ich zugeben. Meine Eltern waren im Besitz einer eigenen Maschine, und Waschsalons zählten nicht unbedingt zu meinen bevorzugten Aufenthaltsorten.

Doch das würde sich ändern, beschloss ich.

Grundlegend.

Denn dieser Waschsalon war einmalig. An den Wänden standen knallrote Waschmaschinen, in einer Reihe hintereinander. Alte und junge Leute schleppten ihre schmutzige Wäsche an: in Rucksäcken, Rollkoffern und großen IKEA-Tüten. Sie kauften an einer kleinen Theke Waschpulver und Waschmarken und schmissen die Maschinen an. Dann setzten sie sich in einen gemütlichen Sessel, tranken Kaffee und lasen Zeitung. Unterhielten sich miteinander, plauderten und lachten.

»Wir arbeiten an der Kaffeetheke«, sagte Brendan. »Und halten den Raum sauber. Putzen die Maschinen oder wischen den Boden. Außerdem helfen wir natürlich den Leuten, wenn sie mit den Maschinen nicht klarkommen, und legen auch mal gute Musik auf.«

»Und was bekommt ihr dafür?«, fragte ich.

Duncan lachte. »Neugierig bist du ja gar nicht. Jeder von uns hundert Euro im Monat. Das ist spitzenviel!«

Da musste ich ihm recht geben, das war eine ordentliche Stange Geld. »Aber ihr müsst auch immer da sein, oder?«, fragte ich, und Aengus lachte. »Schon vergessen? Wir sind zu dritt. Und manchmal ist ja auch Mama da. Außerdem kann man hier super Hausaufgaben machen oder irgendwas anderes.«

»Meint ihr, ich kann ein bisschen hierbleiben und zeichnen?«, fragte ich, und Brendan deutete auf eine der Sitzecken. »Gerne, ich mache dir in der Zwischenzeit einen Cappuccino.«

»Leider habe ich kein Geld dabei«, sagte ich bedauernd.

»Der geht aufs Haus«, erwiderte Brendan. »Damit du etwas Gutes über uns schreibst. Ich betrachte das als Werbeausgabe für unseren Salon.«

Ich nickte dankbar, ließ mich in einen alten Sessel fallen und zog den Zeichenblock aus meinem Rucksack. Dann machte ich ein paar schnelle Skizzen, zeichnete einen sportlich aussehenden Mann vor einer Waschmaschine. Eine Frau mit ihren vier Kindern. Ein Mädchen, das krampfhaft versuchte, ihr Bettzeug durch die Heißmangel zu drehen. Ein paar Touristen, die in Skiunterwäsche auf ihren Rucksäcken saßen und auf ihre Wäsche warteten.

Es war warm und gemütlich. Der heiße Dampf der Mangel ließ die Scheiben beschlagen, die Kaffeemaschine röhrte, und ich fühlte mich sagenhaft wohl. Ich machte noch ein paar Zeichnungen und trank meinen Cappuccino.

»Wow, du machst das richtig gut«, sagte Duncan und starrte auf meinen Block. »Vielleicht kannst du uns das eine oder andere Bild überlassen, dann hängen wir es hier auf.«

»Aber ich hab das nur so hingekritzelt«, erwiderte ich. »Weißt du was? Ich komme einfach öfter her, vielleicht kann ich auch mit den Leuten hier reden. Du weißt schon, wegen meiner Arbeit. Und dann bekommt ihr ein paar Bilder.«

»Hier kann man gut Leute kennenlernen«, sagte Aengus. »Und du kannst jederzeit wiederkommen.«

Nach diesem Tag freute ich mich richtig aufs Bett. Ich wusste, dass ich gut schlafen und vielleicht sogar auch gut träumen würde. Ich hatte nette Leute kennengelernt, und wenn sie auch nicht in meine Klasse gingen, sie wohnten alle in meiner Straße, in unserem Haus. Herrn Eisenstein würde ich auf alle Fälle in den nächsten Tagen besuchen. Und in den Waschsalon wollte ich schon morgen wieder gehen.

08

ABER ICH WOLLTE NICHT NUR IN DEN WASCHSALON, ich wollte auch dem Jugendzentrum einen Besuch abstatten. Der flache Betonbau, der in den wildesten Farben bemalt war, leuchtete mit dem bunten Herbstlaub um die Wette. Und er sah eigentlich recht einladend aus. Dennoch zögerte ich, als ich vor dem Eingang stand. Ich hatte sogar kurz überlegt, ob ich jemanden mitnehmen sollte. Francesca aus meiner Klasse vielleicht. Oder Brendan. Aber dann beschloss ich, mein Glück alleine zu versuchen. Schließlich war ich fast dreizehn Jahre alt und würde mich nicht von einem blöden Kerl mit Rollerblades verjagen lassen. Vorausgesetzt, er war überhaupt da.

Entschlossen stieg ich die Stufen zum Eingang hinauf und drückte gegen die Tür. Sie war offen. Ein langer, menschenleerer Flur empfing mich, und die Türen rechts und links des Gangs waren alle geschlossen.

»Hallo, ist da jemand?«, rief ich.

Wie aus dem Nichts tauchte ein blondes Mädchen mit Brille auf. »Suchst du jemanden?«, fragte sie.

»Ich komme von Mister Sax und suche Hakim.«

Das Mädchen nickte und bedeutete mir zu folgen. Wir stiegen in den Keller hinunter. Und dann hörte ich auch schon Stimmen, lautes Hämmern und Klopfen und die Geräusche einer Säge. »Wir bauen gerade an den Übungsräumen«, erklärte das Mädchen und deutete auf eine offene Tür. Dahinter lag ein richtiges kleines Tonstudio. Schallisoliert. Mit Richtmikrofonen und Aufnahmegeräten. Mein Herz machte einen Sprung und schlug schneller.

»Kann jeder spielen oder üben, der im Viertel wohnt?«, fragte ich vorsichtig.

Das Mädchen nickte wieder. »Im Prinzip schon. Wir müssen uns natürlich absprechen. Wer, wann und wie lange.«

Sie stieß eine Tür auf, und wir standen mitten in einer Baustelle. Die Wände waren unverputzt, ein Mann spachtelte die Wand, und ein paar Jungs bearbeiteten den Boden. Alle hatten Staub in Gesicht und Haaren und sahen aus wie nach einer Halloween-Party. Der unangenehme Typ war nicht unter den Arbeitern, was für ein Glück.

»Hakim, da ist jemand für dich«, sagte das Mädchen und verschwand. Der Mann putzte Spachtel und Hände an seiner Arbeitshose ab und kam auf mich zu. »Ich bin Hakim, was kann ich für dich tun?«

Ich wiederholte meinen Satz. Dass ich von Mister Sax käme. Und nachfragen wollte, ob ich hier Saxofon spielen könnte. Und dass ich auch etwas über das Jugendzentrum schreiben wollte. Im Rahmen meiner Recherche.

Hakim strich sich mit der schmutzigen Hand durch die dunklen Haare. Er war vielleicht Mitte dreißig, sah sehr sportlich aus und hatte ein total charmantes Lächeln. »Ich bin Sozialarbeiter und der Verantwortliche hier im Haus. Die ersten Räume sind ja schon fertig, und natürlich kannst du hier üben. Wenn du in der Gegend wohnst …«

Genau in diesem Moment sprang die Tür auf. Und ich brauche wohl kaum zu sagen, wer im Türrahmen stand.

»Timo, schön, dass du da bist«, sagte Hakim und klopfte dem Jungen auf die Schulter. Doch Timo schien wie zur Salzsäule erstarrt und reagierte nicht. Er sah mich an, und seine Augen verengten sich zu schmalen Schlitzen.

»Was will die denn hier?«, fragte er, und es klang wie das Knurren eines Kettenhundes. Kurz vor dem Angriff.

»Sie sucht einen Proberaum«, sagte Hakim. »Vielleicht kannst du ihr zeigen, zu welchen Zeiten noch etwas frei ist?«

»Es ist nichts mehr frei«, sagte Timo. Schnell und wie aus der Pistole geschossen. »Gerade eben haben sich noch Marco und Verena eingetragen, und das war's dann. Wir sind voll.«

»Bist du sicher?«, fragte Hakim, er schien erstaunt.

»Ganz sicher«, erwiderte Timo. Und grinste.

Dieser Mistkerl, dieser verflixte Schweinetreiber.

Die Zornesröte schoss mir ins Gesicht, aber ich konnte nichts tun. Und mich nicht wehren. Denn wie sollte ich Hakim erklären, dass ich diesem Timo nicht glaubte? Ich, eine Neue, die nicht von hier war und die keiner kannte? Nein, das funktionierte nicht.

»Schade«, sagte ich deshalb nur, zückte einen Stift, kritzelte meine Telefonnummer auf einen Zettel, und den gab ich Hakim. »Falls sich doch noch etwas ergibt«, sagte ich. »Und vielleicht kann ich ja mal vorbeikommen, wenn ihr eine Veranstaltung habt. Damit ich was zu schreiben habe, für mein Projekt.«

»Du bist jederzeit willkommen«, sagte Hakim.

Timo sagte nichts dazu, aber sein Blick sprach Bände. Nur über meine Leiche, sagten seine Augen und schleuderten giftige Pfeile. Vernichtende, todbringende.

Eine halbe Stunde später saß ich im Waschsalon in einem gemütlichen weichen Sessel, schlürfte eine Tasse Tee und klagte Aengus und Brendan mein Leid.

»In der Wohnung zu üben wird schwierig«, erklärte ich. »Da wohnt diese kranke Frau schräg über uns, ich glaube, das gibt Ärger. Mein kleines Musikzimmer ist noch nicht schallisoliert, und im Jugendzentrum sitzt dieser Timo wie eine Spinne im Netz und lässt mich nicht rein.«

Natürlich musste ich jetzt haarklein von Timo berichten, von unserem Zusammenstoß und der Tatsache, dass er im Jugendzentrum offenbar tatsächlich etwas zu sagen hatte.

»Dann brauchst du einen Plan«, sagte Brendan.

»Genau«, sagte Aengus. »Und wir können dir vielleicht dabei helfen.«

Und tatsächlich steckten wir die Köpfe zusammen und überlegten. Brendan schlug vor, sich diesen Timo mal zur Brust zu nehmen, aber das klang ziemlich aggressiv, und ich war nicht gerade begeistert. Schließlich wollte ich eine friedliche Lösung und keine Verschlechterung meiner Situation. Aengus hatte die Idee, sich selbst für den Übungsraum vormerken zu lassen und die Stunden dann an mich abzutreten, aber auch das roch nach Ärger. Mir selbst fiel gar nichts ein. Ich war wie blockiert und unfähig, eine Idee zu entwickeln. **Aber dann hatte Brendan eine. Und die war genial.**

»Schon mal von einem Waschsalon gehört, in dem ab und zu jemand Saxofon spielt? Oder wir organisieren gleich ein Konzert. Hast du schon einmal ein Konzert gegeben, Maja?«

Verblüfft guckte ich ihn an. Ja, ich war schon ein paarmal mit Sam aufgetreten. In unserer Schule und in einem kleinen Cafe am Prenzlauer Berg. Aber ein eigenes Konzert? Nein, das war Neuland für mich, und ich war mir nicht sicher, ob ich das bringen würde. Außerdem blieb das Hauptproblem: Wo sollte ich üben? Gerade vor einem Konzert musste man doppelt, nein, dreimal so viel üben wie normalerweise.

»Wir sprechen mal mit Mama«, sagte Aengus. »Vielleicht kannst du ja in ihre Werkstatt. Sie ist am Nachmittag oft ein paar Stunden weg und hat sicher nichts dagegen.«

»Und da hört man mich nicht?«, fragte ich vorsichtig.

Die Jungs schüttelten den Kopf. »Das ist ein alter Bunker. Da hörst du gar nichts.«

Ich war sprachlos. Und tief gerührt. Bei so viel Herzlichkeit kamen mir fast die Tränen. Und da ich sowieso recht nah am Wasser gebaut hatte, zückte ich vorsichtshalber schon mal meine Tempotaschentücher.

»Und ihr wollt wirklich ein richtiges Konzert mit mir veranstalten?«, schniefte ich. »Hier in diesem Waschsalon?«

»Wo sonst«, erwiderte Brendan und lachte. »Eine Konzerthalle besitzen wir leider nicht. Natürlich müssen wir noch Duncan und Mama fragen, aber die finden das sicher gut. Dann kündigen wir das groß an und hängen ein paar Plakate auf …«

»Vor allem am Jugendzentrum«, sagte Aengus und grinste. »Und dann wollen wir doch mal sehen, ob du da nicht bald schon proben kannst.«

Ein wenig unbeholfen umarmte ich die beiden Brüder und hauchte zwei kleine Küsse auf ihre Wangen.

»Ihr seid großartig«, sagte ich.

»Wissen wir«, erwiderten Aengus und Brendan im Chor. Und spendierten mir zum Abschied noch einen Tee mit Milch.

Die Sache mit dem Üben funktionierte tatsächlich. Die Mutter der Brüder hatte nicht das Geringste dagegen, dass ich nachmittags für ein oder zwei Stunden ihre Werkstatt benutzte. Sie war eine nette Frau mit blonden Haaren und einem runden Gesicht voller Sommersprossen.

»Die Jungs haben mir erzählt, dass du in unserem Waschsalon ein Konzert geben willst«, sagte sie, als ich am nächsten Tag nach der Schule zu ihr ging. »Das ist eine phantastische Idee. Und natürlich brauchst du einen Platz zum Proben. Also fühl dich hier ganz wie zu Hause!«

Meine Eltern waren auch begeistert, allerdings mit Einschränkungen. »In einem Waschsalon?«, fragte mein Vater überrascht. »Ist das denn der passende Start für eine große Musikerkarriere?«

»Was für eine Musikerkarriere?«, schnaufte ich. »Erst schleppt ihr mich hierher, nehmt mir Sam und den Proberaum weg, und jetzt …«

»War doch nur Spaß«, lenkte mein Vater ein, und meine Mutter nickte. »Ich finde es klasse, dass du ein paar Leute kennengelernt hast. Und wenn du bei dieser Familie auch noch üben kannst, sollten wir sie unbedingt mal zum Essen einladen.«

»Zum Essen?«, fragte ich verblüfft. Bei uns gab es meistens Salat und Brote, und außer Kohlrouladen kannte meine Mutter vielleicht noch drei Rezepte. Wenn es hoch kam.

»Warum nicht?«, erwiderte Mama. »Wenn du in einem Waschsalon spielen kannst, werde ich doch wohl noch ein Essen kochen können.«

Na, das konnte ja was werden. Gut, notfalls gab es immer noch irgendwo einen Pizzaservice oder eine asiatische Schnellküche. Und wahrscheinlich zählte der gute Wille.

»Herzlichen Dank«, sagte ich schnell, bevor Mama es sich noch mal anders überlegte. »Und wann wollen wir das machen?«

»Warum nicht gleich am Wochenende?«, sagte mein Vater. »Wir kennen hier schließlich auch noch niemanden, und das wäre doch ein ganz guter Anfang.«

Ich staunte Bauklötze. Manchmal geschahen eben noch Zeichen und Wunder. Selbst in meiner Familie. Aber wahrscheinlich machte das alles der Umzug. Es war eben nicht nur für mich schwierig in der neuen Stadt. Sondern auch für Mama. Wenn sie sich schon freiwillig an den Herd stellte und für fremde Leute kochte, dann musste es schlimm um sie stehen.

»Mach dir mal keine Sorgen«, sagte mein Vater leise. »Sie macht das für dich.« Dann lachte er leise und verschwand in sein Arbeitszimmer.

09

DIE EINLADUNG ZUM ESSEN wurde ein voller Erfolg. Es gab sehr leckere Sachen: Schweinesteaks, gefüllte Zucchini, jede Menge Salat und zum Nachtisch eine Quarkspeise. Und ich war richtig stolz auf Mama, weil sie das so super hinbekommen hatte.

Frau McClary (so hieß die Mutter von Aengus, Brendan und Duncan) kam mit allen drei Söhnen. Und noch jemanden hatte ich eingeladen: Herrn Eisenstein aus dem vierten Stock. Ich war mir zwar nicht ganz sicher, ob ihm das nicht zu anstrengend war, aber da wurde ich schnell eines Besseren belehrt.

Auch wenn Herr Eisenstein fast nichts mehr sah und wir ihn natürlich abholen und die Stufen hinunterführen mussten, so war er doch eine große Bereicherung. Er erzählte von seinen Jugendzeiten, und als er erfuhr, dass wir ein Konzert im Waschsalon planten, war er Feuer und Flamme.

»Wenn ich doch noch spielen könnte, liebe Maja«, rief er. »Dann würde ich dich begleiten!«

»Ja, das ist schade. Aber zuhören können Sie, und Sie müssen unbedingt kommen«, erwiderte ich, und Frau

McClary versprach, sich darum zu kümmern, Herrn Eisenstein abzuholen und ihn auch wieder nach Hause zu bringen.

Dann erzählten die Jungs von ihrem Job im Waschsalon, meine Mutter von unserem Leben in Berlin und Frau McClary von den Kunstgegenständen, die sie in der Werkstatt herstellte und mit großem Erfolg verkaufte. Und dann kam mein Vater dran, und alle wollten wissen, welche Filme er schon gedreht hatte, ob er Tom Cruise kannte oder vielleicht Angelina Jolie. Die kannte er natürlich nicht, zumindest nicht persönlich. Aber er hatte viele Geschichten über Schauspieler und Drehorte auf Lager, und er berichtete von seinem neuen Projekt hier in München.

Ich hörte nur mit halbem Ohr zu, im Großen und Ganzen kannte ich es ja. Also widmete ich mich der Runde, betrachtete unsere Gäste und kritzelte Profile und Scherenschnitte auf meine Serviette: Aengus, wie er sich ein Stück Fleisch in den Mund schob. Meine Mutter am Herd. Herr Eisenstein mit einem breiten Lächeln in seinem verschrumpelten Gesicht. Das plötzlich erlosch. »Ich war schon lange nicht mehr eingeladen«, sagte er leise. »Meine Tochter ist leider gestorben. Und ihr Sohn, mein Enkel, lebt zwar in München. Aber bei seinem Vater, und der will keinen Kontakt zu mir. Deshalb bin ich meistens alleine.«

»Oh, das kenne ich«, fiel Frau McClary ein. »Die Familie meines Mannes hält auch nicht viel von mir. Nach seinem Tod hätte diese Bande mir am liebsten die Jungs weggenommen und selbst großgezogen. Aber nun sind wir hier, und das ist richtig gut. Vielleicht kann ich Sie ja mal besuchen kommen, Herr Eisenstein, und dann plaudern wir über die schlechten Seiten der Verwandtschaft!«

»Das machen wir«, sagte Herr Eisenstein. »Ich habe da durchaus einiges zu erzählen.« Er überlegte einen Moment und schmunzelte. »Auch in diesem Haus gibt es eine spannende Geschichte. Betrifft die junge Frau, die mit ihrem Mann im Erdgeschoss wohnt.«

»Die beiden kenne ich schon«, sagte ich. »Ein nettes Pärchen, beide berufstätig. Und sie haben nichts dagegen, wenn ich Saxofon spiele.«

Herr Eisenstein nickte. »Normalerweise tratsche ich ja nicht, aber diese Geschichte könnte die jungen Leute hier am Tisch interessieren.« Er machte eine kleine Kunstpause und legte sein Besteck zur Seite. »Diese Frau, sie heißt Rubens, ist nämlich die Tochter des berühmten Westend-Räubers.«

Und schon hatte er unsere ungeteilte Aufmerksamkeit. Meine und die der drei Jungs. Wir starrten ihn mit offenen Mündern an, aber auch die Erwachsenen schienen interessiert.

»Des ›berühmten Westend-Räubers‹?«, fragte mein Vater. »Was hat er denn gemacht?«

»Er hat Ende der Neunzigerjahre die Sparkasse vorne am Eck überfallen. In ein Leintuch gehüllt und in der

Maske des kleines Gespenstes. Die Kassiererin gab ihm fünfzehntausend Mark, was nicht gerade viel war. Aber an mehr Geld kam sie nicht ran. Und der Räuber zog ab. Er wohnte damals in der Wohnung im Erdgeschoss und schaffte es gerade noch bis dorthin, dann klingelte auch schon die Polizei. Die ganze Sache war weder besonders klug geplant noch clever durchdacht. Sie schnappten ihn keine Viertelstunde nach dem Überfall, und seitdem sitzt er im Gefängnis. Heute bewohnt seine Tochter die Wohnung.«

»Und das Geld?«, fragten Aengus und Brendan im Chor.

»Das wurde nie gefunden«, sagte der alte Mann und lächelte. Wahrscheinlich war ihm klar, dass er mit diesem Satz dem Abend einen ganz besonderen Stempel aufdrückte. **Prädikat: besonders wertvoll. Spannend und höchst unterhaltsam.** Natürlich wurde er sofort mit Fragen bombardiert. Ob die Polizei denn auch alles durchsucht hätte? Ob der Dieb das Geld vielleicht bei der Flucht verloren oder einen Mittäter gehabt hatte? Herr Eisenstein schüttelte den Kopf.

»Davon weiß ich nichts. Die Polizei hat das gesamte Haus auseinandergenommen. Ich sage Ihnen, da war was los! Wir wurden Dutzende Mal befragt, ob wir etwas gesehen oder dem Mann vielleicht sogar geholfen hatten. Aber irgendwann legte sich der ganze Rummel auch wieder. Wie das eben so ist. Das Geld ist jedenfalls nie aufgetaucht.«

»Vermutlich hat seine Tochter es gefunden und hält schön die Klappe«, sagte Duncan, und seine Mutter schüttelte den Kopf.

»Wie kannst du denn so etwas sagen? Wenn die Polizei nichts gefunden hat, findet auch kein anderer etwas.«

»Da wäre ich mir nicht so sicher«, sagte Aengus und zwinkerte seinen Brüdern zu. Fast so, als hätten sie unausgesprochen einen Arbeitsauftrag erhalten. Vermutlich würden sie in den nächsten Tagen durchs Haus stromern, hinter jeden Türspalt gucken, den Keller inspizieren und bei allen Leuten klingeln.

»Ich glaube, wir müssen hier mal was klarstellen«, sagte Frau McClary, offenbar befürchtete sie dasselbe. »Wenn ich einen von euch auch nur dabei erwische …« In diesem Moment musste ich lachen und die anderen auch, wir lachten und witzelten herum, und Herr Eisenstein saß da und strahlte. Er und seine Geschichte waren die absolute Krönung des Abends, und ich hatte das Gefühl, er wusste das und es freute ihn.

»Aber mal im Ernst«, sagte mein Vater und schob Herrn Eisenstein ein Gläschen Cognac über den Tisch, »als Regisseur liebe ich gute Geschichten und kann mich sehr dafür begeistern. Der Clou ist natürlich wirklich, dass der Mann kaum Zeit hatte, sich des Geldes zu entledigen, und dass es dennoch nie aufgetaucht ist. Auch ich werde da wohl noch ein wenig dran knabbern und mir das eine oder andere überlegen.«

»Du bist unverbesserlich«, sagte meine Mutter. »Und

immer auf den Ausgang fixiert. Das hier ist eben eine offene Geschichte. Eine reale Geschichte. Wo man nicht immer für alles eine Erklärung findet.«

So ging es noch eine Zeit lang hin und her. Und dann sprachen wir über den Waschsalon, meinen geplanten Auftritt und die Möglichkeit, bei Frau McClary in der Werkstatt zu üben.

»Ein Konzert im Waschsalon hatten wir schließlich noch nie«, sagte Frau McClary, und die Jungs nickten.

»Außerdem kann Maja mal zeigen, was sie kann«, sagte Aengus. »Vielleicht lassen sich die doofen Typen vom Jugendzentrum dann erweichen.«

Meine Eltern sahen mich überrascht an; kein Wunder, vom Jugendzentrum hatte ich ihnen noch nichts erzählt.

»Gibt es da Probleme?«, fragte meine Mutter erstaunt.

»Nicht der Rede wert«, sagte ich schnell. Dieses Thema wollte ich auf gar keinen Fall vertiefen, nicht an diesem Tisch und in dieser Runde. Schließlich hatte Herr Eisenstein das Bild von Timo an der Wand, und noch hatte ich keine Ahnung, was dieser nette Mann mit solch einem Mistkerl zu schaffen hatte.

»Aber Aengus hat recht«, sagte ich deshalb. »Der kleine Auftritt kann mich vielleicht im Viertel ein bisschen bekannt machen. Und vielleicht hört mich jemand, der auch Saxofon spielt.« Denn genau dafür wollte ich sorgen. Mit ein paar lustigen Plakaten, ein bisschen Werbung im Waschsalon und vielleicht auch in der Schule.

Und so plauderten wir sicher noch eine halbe Stunde,

und dann brachen unsere Gäste auf. Der Abschied war herzlich, Mama brachte Herrn Eisenstein nach oben, und Aengus grapschte sich die Servietten mit meinen Skizzen. »Die will ich haben«, sagte er und grinste. »Wir sehen echt fies aus auf deinen Zeichnungen!«

Und aus seinem Mund klang das eindeutig nach einem Lob, einem dicken Kompliment, und das konnte ich gebrauchen. Wenn schon in meiner Klasse alle doof waren und im Jugendzentrum auch – unsere Nachbarn waren super. Die einen besaßen einen coolen Waschsalon, der andere kannte einen Bankräuber, und wenn das so weiterging, hatte ich bald die verrücktesten Geschichten für meine Arbeit zusammen.

10

DIE NÄCHSTEN TAGE wurden richtig aufregend. Vormittags ging ich in die Schule, wo aber nicht allzu viel passierte. In den Deutschstunden arbeiteten alle an ihren Projektarbeiten, und in Mathe, Physik, Biologie und den anderen Fächern hatte ich Mühe mitzukommen, musste voll bei der Sache sein und versuchen, an nichts anderes zu denken. Was leicht war, denn niemand versuchte, mich abzulenken oder mit mir zu quatschen. Für die meisten Mitschüler war ich Luft. Sie grüßten und verabschiedeten sich freundlich von mir, aber niemand ging auf mich zu, fragte mich aus oder wollte sich mit mir verabreden. Anfangs würzte Vivian meine Einsamkeit noch mit einem feurigen Kommentar oder einer hässlichen Bemerkung, aber nach ein paar Tagen wurde es langweilig, und sie ließ es bleiben. Stattdessen scharte sie ihre Freundinnen um sich und erging sich in Modetipps, Klatsch und Tratsch.

Jonas und Francesca blieben freundlich und wechselten manchmal auch ein paar Worte mit mir. Vor allem Francesca. Aber auch sie hatte Mühe, dem Unterricht zu folgen und alles auf die Reihe zu kriegen. Und bei den

Recherchen für die Projektarbeit steckte sie mit zwei anderen Mädchen unserer Klasse zusammen.

Deshalb verliefen meine Vormittage unspektakulär. Aber kaum war ich zu Hause, begann der Trubel. Gleich nach dem Mittagessen und den Hausaufgaben ging ich in den Waschsalon. Trank einen Tee und zeichnete oder quatschte mit Aengus, Brendan oder Duncan. Und dann brachte mich einer von ihnen in die Werkstatt, wo jetzt mein Saxofon stand. Frau McClary war an den Nachmittagen tatsächlich so gut wie nie da, und ich konnte nach Herzenslust üben. Manchmal hörte einer der Jungs zu, aber das störte mich nicht.

Was ich bei meinem Auftritt im Waschsalon spielen wollte, wusste ich noch nicht. Also zog ich Mister Sax zurate, und der konnte mir tatsächlich helfen. »Warum spielst du nicht Songs und Titelmelodien berühmter Filme oder Serien?«, fragte er, ging zu einem seiner Regale und zog ein Songbook mit Begleit-CD heraus. »Dazu hast du die anderen Instrumente auf CD, und für das Publikum in einem Waschsalon könnte das doch genau das Richtige sein, findest du nicht?«

»Das ist tatsächlich genau das Richtige«, sagte Brendan wenig später, und ich musste ihm recht geben. Denn natürlich würden die Leute nicht nur wegen der Musik kommen, der Waschsalon sollte ganz normal geöffnet haben. Und da durften es weder zu schwere noch zu jazzige Stücke sein, und sie sollten den Geschmack möglichst vieler Kunden treffen. Also probte ich Titelmelodien und Filmmusiken. Aus *Beverly Hills Cop, Twilight, Romeo & Julia, Bonanza* und *I love Lucy*.

Das war eine ganz gute Auswahl, nicht besonders schwierig und machte richtig Spaß.

»Es klingt hervorragend«, sagte Brendan eines Nachmittags. Er streckte seinen Kopf durch die Tür der Werkstatt und schenkte mir ein strahlend breites Lächeln. »Und du spielst echt super. Ich freue mich schon riesig auf das Konzert!« Dann war er auch schon wieder verschwunden. Überhaupt wirkten die McClary-Brüder etwas hektisch in diesen Tagen. Ich vermutete, dass sie sich tatsächlich auf die Suche nach dem Geld gemacht hatten, zuzutrauen war es ihnen. Sie huschten zwischen ihrer Wohnung, der Werkstatt und dem Waschsalon hin und her wie geisterhafte Schatten, tuschelten hinter vorgehaltener Hand und wirkten alle drei ziemlich aufgeregt. In den ersten Tagen störte mich das nicht, ich hatte genug damit zu tun, meine Stücke zu üben. Aber je sicherer ich wurde und je besser es klang, umso neugieriger wurde ich, was die Jungs wohl machten.

»Ihr sucht das Geld, oder?«, fragte ich eines Nachmittags Brendan. Er stand hinter der Kaffeemaschine im Waschsalon und bediente eine Handvoll Gäste.

»Pst«, machte er und wedelte mit der Hand, als wollte er eine lästige Fliege verscheuchen.

»Sag mal, geht's noch?«, raunzte ich ihn an. »Ich habe dir lediglich eine Frage gestellt.« Brendan wurde so rot wie ein Kirschkuchen mit Streusel. »Sorry«, flüsterte er. »Aber hier sind zu viele Leute.« Und dann winkte er mich durch eine kleine Tür in ein noch kleineres Büro. Auf einem Tisch lagen drei oder vier aufgeschlagene Aktenordner, an der Wand hingen die Stromzähler für die Waschmaschinen, und am Boden stand ein Telefon. In diesem Raum wurden offenbar die Abrechnungen gemacht, Zählerstände notiert und Telefonate geführt.

Brendan schloss die Tür. »Sorry, dass ich dich so angeranzt habe«, sagte er. »Und das Geld, ja … Irgendwo muss es ja sein.«

»Und wo habt ihr schon überall nachgesehen?«, fragte ich und schmunzelte. Hatte ich es doch gewusst.

»In unserer Werkstatt, hier im Waschsalon, im Hausflur, und heute Abend nehmen wir uns den Keller vor.«

Den Keller? Heute Abend? Keller waren an sich schon eine gruselige Sache und nach Einbruch der Dunkelheit erst recht kein Ort, an dem man sich freiwillig oder gern aufhielt. Jetzt hieß es mutig sein.

»Kann ich mitkommen?«, fragte ich vorsichtig.

Keine Ahnung, wie ich das meinen Eltern erklären sollte, wenn ich nach dem Abendessen noch einmal wegging. So viele Freunde hatte ich hier noch nicht, und es bestand zumindest die Gefahr, dass sie Lunte rochen.

»Klar«, erwiderte Brendan. »Deinen Eltern kannst du ja sagen, dass du zu uns gehst, weil wir noch das Plakat entwerfen müssen.« Hey, der Junge konnte offenbar Gedanken lesen.

»Das mit dem Plakat müssen wir aber wirklich in den nächsten Tagen machen«, sagte ich. »Dann kann ich nämlich nächste Woche schon auftreten.«

»Na, du hast es ja eilig«, erwiderte Brendan und grinste. »Komm einfach um acht Uhr zu uns. Wir entwerfen zuerst das Plakat, und dann steigen wir in den Keller hinunter.«

Pünktlich um acht stand ich vor der Tür der McClarys und läutete. Die Familie saß noch beim Abendessen, aber offenbar schienen sich alle zu freuen, mich zu sehen. Frau McClary stellte noch einen zusätzlichen Teller auf den Tisch, und ich musste etwas Fisch probieren, den sie nach dem Rezept ihres Urgroßvaters zubereitet hatte. Und der so schmeckte, wie er aussah. Eklig. Tapfer würgte ich ein paar Bissen hinunter, dann schob ich den Teller beiseite und zog meinen Skizzenblock aus der Tasche.

»Was haltet ihr von einer großen Waschmaschine?«, fragte ich, und während ich sprach, flog mein Stift schon übers Papier. »Und in die Scheibe der Wäschetrommel zeichne ich ein Mädchen mit einem Saxofon. Ungefähr so.« Schon war ich fertig und schob das Blatt in die Mitte des Tisches.

»Die Waschmaschine ist zu groß und die Saxofonistin zu klein«, sagte Duncan und schüttelte den Kopf. »Außerdem versteht das keiner. Warum zeichnest du nicht unseren Waschsalon und dich mittendrin?«

Also gut, noch mal von vorne. Ein paar schnelle Striche für den Salon, die Maschinen, ein paar Leute. Und in der Mitte eine Saxofonistin, riesig groß. Die sich weit nach hinten lehnte und ihr Instrument nach oben riss.

»SUPER!«, riefen die Brüder wie aus einem Mund. Und auch Frau McClary fand den Entwurf äußerst beeindruckend.

»Dann mal ich das später noch mal in Ruhe auf ein DIN-A3-Blatt«, sagte ich. »Wann soll ich denn auftreten, was meint ihr?«

»Wie wäre es mit Mittwoch?«, fragte Brendan. »So um 19 Uhr? Dann bleiben noch ein paar Tage Zeit, um die Plakate aufzuhängen und die Leute im Waschsalon auf das Event hinzuweisen.«

»Cool!« Ich freute mich. Das ging ja schnell. Und alles völlig unkompliziert. Gleich morgen würde ich das Plakat zeichnen, kopieren und aushängen. Natürlich auch vor dem Jugendzentrum. Und in meiner Klasse wollte ich auch ein paar Zettel verteilen. Die blöde Vivian würde sich zwar das Maul zerreißen, aber vielleicht hatten ein paar andere Schüler Lust zu kommen. Francesca vielleicht. Oder Jonas.

Und dann verließen wir die Wohnung im Hinterhaus. Gingen zum Vorderhaus und stiegen in den Keller hinunter.

»Stellt euch das mal vor«, sagte Aengus, und seine Augen leuchteten vor Aufregung. »Der Typ macht diesen Überfall, kommt heim und weiß nicht, wohin mit dem

Geld. Er ist gesehen worden, und gleich wird die Polizei da sein. Also läuft er in den Keller und versteckt das Geld dort.«

Ich verzichtete darauf hinzuweisen, dass die Polizei den Keller wahrscheinlich als Erstes unter die Lupe genommen hatte. Wenn die Jungs so sicher waren, dass sie nach all den Jahren dort etwas fanden, wollte ich ihnen den Spaß nicht verderben. Außerdem hoffte ich, dass Brendan vielleicht doch recht behalten würde. Wenn wir nur gut genug nachsahen.

Doch genau das gestaltete sich schwierig. Das Kellergewölbe war durchzogen von hölzernen Trennwänden und Dutzenden privater Kellerabteile. Und die waren mit Vorhängeschlössern gesichert und nicht zu betreten. Was unserem Abenteuerdrang keinen Abbruch tat.

»Ich klopfe gegen die Mauern«, sagte Aengus.

»Ich nehme mir die Wasserrohre vor«, sagte Brendan.

»Und ich leuchte mal in die Kellerabteile hinein«, sagte Duncan und zückte eine Taschenlampe.

Für mich blieb nicht mehr viel zu tun, also suchte ich mir einen ruhigen Platz unter einer funzeligen Glühbirne. Setzte mich auf den steinigen Fußboden und begann zu zeichnen: Aengus, wie er gegen die Wände klopfte, Brendan mit den Wasserrohren und Duncan mit seiner Taschenlampe. Mein Stift flog nur so übers Papier, und ich musste schmunzeln, als ich die Ergebnisse betrachtete. Gar nicht schlecht. So sah es also in der Straße aus, in der ich wohnte, und das waren die Aktivitäten meiner Nachbarn bei Nacht, liebe Frau Hochholzer. Echt wahr und ungelogen. Und meine Skizzen konnten es bezeugen.

An diesem Abend schrieb ich eine lange Mail an Sam:

… So schwierig es hier am Anfang war, jetzt macht es schon richtigen Spaß. Ich kenne nichts und kaum jemanden, und das erlaubt mir, völlig offen zu sein und ganz viel Neues auszuprobieren. Eine seltsame Erfahrung. Aber auch irgendwie gut …

Eine Viertelstunde später piepste mein Handy, eine SMS von Sam. **Das freut mich, süße Träume!** Aber das Piepsen hörte ich schon nicht mehr. Die vielen neuen Erlebnisse forderten ihren Tribut und ließen mich schlafen wie einen Stein.

11

ES WAR MITTWOCHABEND kurz nach sechs. Draußen wurde es bereits dunkel, ein stürmischer Wind trieb verwelkte Blätter durch die Straßen und ein paar Menschen, die sich eilig auf den Weg nach Hause machten. Im Waschsalon war es gemütlich warm, eine Handvoll Leute stand an den Maschinen und wusch Wäsche, und in den bequemen Sesseln saßen ein paar Jugendliche, die Kaffee tranken, quatschten und auf meinen Auftritt warteten. Seltsamerweise war ich ziemlich entspannt. Mein Saxofon stand bereits in dem kleinen Hinterzimmer des Salons, und ich schlürfte einen Tee, plauderte mit Aengus und Frau McClary, die auch schon da war.

»Meinen Sie, dass ein paar Leute kommen?«, fragte ich sie.

Frau McClary lachte. »Ein paar sind ja schon da. Aber da kommen sicher noch eine ganze Menge, wirst schon sehen. Ihr habt ja ordentlich plakatiert.«

Und das stimmte. Gemeinsam mit Aengus und Brendan hatte ich sämtliche Plakatwände zugepflastert, Laternenpfähle tapeziert und Handzettel verteilt. Auch im Waschsalon hingen seit Tagen die Vorankündigungen, und viele der Kunden hatten signalisiert, dass sie sich mein Konzert nicht durch die Lappen gehen lassen wollten. Auch in der Schule hatte ich Werbung gemacht, und meine selbst gemalten Flyer waren Kanonenfutter für Vivian.

»So toll spielst du also, dass du schon ein Konzert gibst?«, sagte sie. Das war ja noch ganz nett. Aber dann lud sie ihre Waffen. »Oder ist es vielleicht so, dass man dich nur in einem Waschsalon spielen lässt? Ich lach mich tot, in einem Waschsalon!« Und dann hatten sie und ihre Freundinnen gewiehert vor Schadenfreude. Aber ein paar andere aus der Klasse waren zum Glück ganz begeistert, und sowohl Francesca als auch Jonas hatten versprochen zu kommen.

Und so wartete ich auf sieben Uhr, schielte immer wieder zur Tür und trank eine Tasse Tee nach der anderen. Und dann war es endlich so weit. Die Tür ging auf, und der nasskalte Wind wehte jede Menge Zuhörer herein: die beiden noch fehlenden McClary-Brüder, meine Eltern und Herrn Eisenstein. Außerdem kamen ziemlich viele Jugendliche in Begleitung von Hakim, was mich sehr freute. Und Francesca und Jonas kamen auch. Gemeinsam mit ein paar anderen aus unserer Klasse.

»So voll war es hier ja noch nie«, freute sich Frau McClary und rannte von einem zum anderen, holte noch ein paar Stühle aus ihrer Werkstatt und bot den Gästen Kaffee und Tee an.

Dann dimmte Aengus das Licht und stoppte die Kaffeemaschine. Von hinten richtete er die Leuchte einer Stehlampe auf mich, und ich griff nach dem Saxofon.

Zuerst spielte ich den Song *Axel F* aus dem Film *Beverly Hills Cop*. Da da datatatata, da da datatatata, das richtige Stück zum Warmwerden. Auch fürs Publikum, einige summten schon mit, und jemand trommelte auf einem umgedrehten Eimer den Takt. Es folgte die Titelmelodie von *Bonanza*, und jetzt wurde es schneller, schwieriger. Aber ich liebte dieses Stück und hatte es sicher schon hundertmal gespielt. Und auch hier summten ein paar Zuhörer mit, es waren die älteren, die die Serie noch aus dem Fernsehen kannten. Dann ein Zeitsprung: *The Medallion Calls* aus dem Film *Fluch der Karibik*. Unproblematisch, eine sanfte, in der Spannung ansteigende Melodie. Und es wurde noch ruhiger, richtiggehend romantisch mit *Bella's Lullaby* aus dem Film *Twilight*. Sam hatte einmal gesagt, dass man auf dem Saxofon jede Melodie spielen konnte, ganz ohne Probleme. Das Entscheidende war, die Melodie zum Leben zu erwecken, sich »reinzulegen«, wie Sam das nannte. Und kein Song eignete sich dafür besser als *Bella's Lullaby*.

Ich war sehr locker in den Händen, die Töne kamen klar und sauber, und ich hatte das Gefühl, mein Saxofon und ich würden jeden Moment verschmelzen. Aus den Augenwinkeln heraus sah ich, wie immer mehr Menschen in den Waschsalon strömten. Angelockt durch die wundervolle Melodie und mein Instrument. Und plötzlich kam auch er. **Mister Blödmann** vom Jugendzentrum, der Macho auf Rollerblades – Timo.

Ich spielte noch die Titelmelodie von *Harry Potter* und meinen Lieblingssong aus dem *Dschungelbuch*. Und schließlich den romantischen Abschluss des Abends: *Romeo & Juliet*, das Liebesthema aus dem Film *Romeo & Julia*. Das war die Krönung meiner kleinen Performance, und als die letzten Töne verklungen waren, blieb sekundenlang alles still. Dann wurde ich mit donnerndem Applaus belohnt. Einige der Zuhörer riefen **Bravo**, andere trommelten auf leere Eimer und Plastikkörbe.

»WAHNSINN!«, jubelte Aengus, und Brendan klopfte mir mit einer solchen Wucht auf die Schultern, dass ich beinahe das Gleichgewicht verloren hätte. Natürlich gratulierten mir auch meine Eltern, und sie hatten Herrn Eisenstein dabei. »Kindchen, ganz unglaublich. Ich fühle mich großartig, wie in alten Zeiten. Recht herzlichen Dank!«

So ging es bestimmt noch eine Viertelstunde weiter, und irgendwann sah ich Timo. Der stand am Eingang, lehnte sich lässig gegen eine der Waschmaschinen und tat so, als interessierten ihn die Benutzungsbedingungen oder die Preise für Weichspüler. Als ich ein paar Minuten später noch einmal hinguckte, war er verschwunden.

Währenddessen leerte sich der Waschsalon, und bald sah er wieder aus wie immer. Die Kunden füllten die Maschinen, die Trockner begannen zu arbeiten, und auch die Kaffeemaschine brummte wieder vor sich hin.

Francesca und Jonas waren leider nicht mehr da. Das fand ich schade, aber sie würden mir sicher morgen in der Schule sagen, wie es ihnen gefallen hatte. Und dass Timo sich in Luft aufgelöst hatte – dafür dankte ich den Göttern. Aber er war da gewesen und hatte mich spielen hören. Und vielleicht würde ich ja doch irgendwann das Jugendzentrum betreten und in einem der Tonstudios üben dürfen.

Frau McClary nahm mir das Saxofon aus der Hand, drückte mich in einen der Sessel und setzte sich neben mich. »Mir ist aufgefallen, dass du immer und überall zeichnest, und ich finde deine Cartoons ziemlich gut«, sagte sie. »Deshalb habe ich ein paar Fotos von deiner Performance geschossen. Damit du zumindest nachträglich noch zum Stift greifen kannst.«

Sie zückte ihren Fotoapparat, und ich klickte mich durch die Bilderfolgen. Es sah toll aus: Ich ganz vorne neben der Kaffeemaschine, im Scheinwerferlicht. Die Zuhörer füllten fast den ganzen Raum, und nur die wenigsten hatten einen Stuhl oder Sessel ergattert. Sie standen an die Maschinen gelehnt oder hockten auf Eimern und Körben. Hielten die Augen geschlossen oder verfolgten mein Spiel. Am Fußboden krabbelten ein paar Kinder herum, und vor den Fenstern des Salons standen die Zaungäste: Spaziergänger, die für einen Moment stehen geblieben waren, durch die Scheiben guckten und auf dem nächsten Bild bereits nicht mehr zu sehen waren. Sofort zückte ich meinen Skizzenblock und warf ein paar wilde Striche aufs Papier. Ich mit meinem Saxofon. Hakim vor einer Waschmaschine. Francesca auf einem umgedrehten Eimer. Und der blöde Timo in seiner ganzen aufgeblasenen Art. Mit halb geschlossenen Augen und jeder Menge Langeweile im Blick. Mein Stift sauste nur so über die Seiten.

»Nun schau dir deine Tochter an«, sagte meine Mutter kopfschüttelnd. »Erst spielt sie wie eine Wilde. Und jetzt zeichnet sie wie eine Wilde. Von wem sie das wohl hat?«

»Eindeutig von mir«, antwortete mein Vater, und er klang richtig stolz, wie er das sagte.

Am selben Abend noch besuchte ich Herrn Eisenstein. Ich wollte hören, wie ihm die einzelnen Stücke gefallen hatten und welche Tipps er mir noch geben konnte. Wir sprachen eine Stunde über meinen Auftritt, und Herr Eisenstein sparte nicht mit Komplimenten. Aber er hatte auch Verbesserungsvorschläge. Vor allem für die Songs aus *Bonanza* und dem *Dschungelbuch*. »Da folgst du anderen Tempi und lässt dich jagen. Wie eine Antilope, die vor dem Löwen flüchtet. In Tempus und Takt fällt es nicht auf, nur die Leidenschaft …, die fehlt.« Es war toll, in welchen Bildern er sprach und wie treffend sie waren. Und so plauderten wir über jeden meiner Songs, und noch einmal bedauerte ich, dass Herr Eisenstein nicht mehr spielte und mich nicht begleiten konnte. Erst als ich schon am Gehen war, nahm ich mir ein Herz und fragte nach dem Bild an der Wand. Dem Bild, auf dem dieser Timo zu sehen war.

»Darf ich fragen, wer dieser Junge ist?«

Herr Eisenstein zuckte bedauernd mit den Schultern. »Da ich kaum mehr etwas sehe, kann ich dir deine Frage leider nicht beantworten. Es sind ja mehrere junge Leute auf diesen Fotos, nicht wahr?«

Nun guckte ich mir auch die anderen Bilder etwas genauer an. Ja, das stimmte, einige Jugendliche gab es schon darauf zu sehen. Aber entweder waren es Familienfotos oder uralte Schwarz-Weiß-Aufnahmen aus Herrn Eisensteins Jugend. Nur das Bild mit Timo stach hervor. Es war höchstens ein paar Jahre alt, und Timo war ganz allein auf dem Bild.

Seltsamerweise hatte ich den Eindruck, Herr Eisenstein wusste sehr wohl, welches Bild ich meinte. Aber das war nur so ein Gefühl. Auf alle Fälle wollte er mir nichts darüber erzählen. Und das musste ich natürlich akzeptieren. Zugegebenermaßen äußerst schade, aber leider nicht zu ändern.

12

FRANCESCA FING MICH AM NÄCHSTEN MORGEN noch vor der Schule ab. »Mensch, Maja, du warst phantastisch. Komm mit, ich muss mit dir reden!« Sie griff nach dem Ärmel meiner Jacke und zog mich hinter sich her, lotste mich über den gesamten Pausenhof, durch den Eingang der Schule und weiter bis zur Mädchentoilette. Erst als ich neben den Waschbecken stand, ließ sie mich los. »Also noch mal«, erklärte sie leise. »**Du warst absolut super.** Das haben auch Jonas und die anderen gesagt!«

Eine Welle von Stolz umspülte meine geschundene Seele. Ich war erstaunt, wie gut das Kompliment von Francesca tat. Und dass meine Klassenkameraden mich super fanden – das war die Krönung. Für einen kurzen Moment hatte ich das Gefühl, dass die schwierigsten Zeiten in dieser Stadt vorbei waren.

»Und jetzt kommt mein Plan«, plapperte Francesca munter weiter. »Du kommst heute Mittag mit zu mir nach Hause und lernst meine Familie kennen.«

Francescas Familie kennenlernen? Das würde ich natürlich gern, aber ich verstand überhaupt nicht, wie

Francesca von meiner gelungenen Performance plötzlich auf ihre Familie kam. »Die haben ein ziemlich großes Interesse, dich kennenzulernen«, fuhr Francesca fort. »Weißt du, sie führen das beste italienische Restaurant im Westend, und mein Vater braucht dich und dein Saxofon.«

In Francescas Rede steckten gleich drei neue Informationen, und vor Verblüffung fiel mir die Kinnlade herunter. Das musste ich erst einmal verdauen. »Okay, Moment mal«, sagte ich und schüttelte etwas verwirrt den Kopf. »Deine Familie hat also ein Restaurant? Ein italienisches Restaurant?«

»Natürlich haben sie ein italienisches Restaurant und kein spanisches«, sagte Francesca und grinste. »Wir sind Italiener.«

»Entschuldige«, murmelte ich. »Ich bin nur etwas verwirrt. Und dieses Restaurant ist im Westend. Ich wohne nämlich auch im Westend …«

Francesca senkte den Kopf und wurde tatsächlich ein kleines bisschen rot. »Ich weiß«, sagte sie und traute sich offenbar gar nicht, mich anzusehen. »Ich wohne nur eine Straße von dir entfernt, aber das wollte ich dir nicht sagen …«

Sie ließ den angefangenen Satz in der Luft hängen, und da baumelte er nun. Schwer und hässlich wie ein ausgestopftes Krokodil.

»Du wolltest mir nicht sagen, dass du im Westend wohnst?«, fragte ich, und meine Stimme bekam einen drohenden Unterton. Das war gar nicht beabsichtigt, passierte aber ganz automatisch.

»Nun ja«, stotterte Francesca, und jetzt glühte ihr Gesicht. »Wegen der Projektarbeit. Ich wollte nicht mit jemandem zusammenarbeiten, der neu ist und sich in der Stadt und im Viertel nicht auskennt.«

Na, immerhin war Francesca ehrlich, und ein klein wenig konnte ich sie sogar verstehen. Aber trotzdem. Immerhin saßen wir im Unterricht nebeneinander, und eines Tages hätte ich sowieso erfahren, wo sie wohnt.

»Okay«, sagte ich und wischte mit der Hand durch die Luft. »Also, was war das jetzt mit deinem Vater?«

»Er braucht dich und dein Saxofon, aber das muss er dir selbst erklären. Vielleicht kommst du gleich heute zum Mittagessen?«

Ein Mittagessen im italienischen Restaurant, das ließ ich mir nicht entgehen. Ich würde meiner Mutter eine SMS schicken und mir anschließend den Bauch mit Pasta und Pizza vollhauen. Also grinste ich Francesca an und nickte. »Das Mittagessen nehme ich gerne an. Und dann rede ich mal mit deinem Vater. Für mich ist das natürlich eine große Ehre, aber ich weiß nicht, ob ein Saxofon die richtige Untermalung für einen gemütlichen italienischen Abend ist.«

»Es geht um etwas anderes, aber das soll er dir selbst erklären«, sagte Francesca, hakte sich bei mir unter und zog mich aus der Mädchentoilette hinaus auf den Flur. »Und dass du heute mitkommst, freut mich.« Sie schwieg einen Moment lang, dann gab sie sich einen Ruck. »Ich hoffe, du bist mir nicht mehr böse wegen der Sache mit dem Projekt.«

Ich schwieg ebenfalls ein paar Sekunden. Und überlegte. Aber dann schüttelte ich den Kopf. »Ich hätte es wahrscheinlich genauso gemacht«, sagte ich und grinste. »Ist schon okay.«

Wir betraten das Klassenzimmer ganze zwei Minuten zu spät. Leider war Frau Hochholzer schon anwesend, und sie hatte eine fürchterliche Laune. Wie ein Raubtier thronte sie hinter ihrem Pult und fixierte ihre Schüler. Bereit zum Sprung, bereit zum Angriff. Als wir die Tür öffneten, nichts ahnend und ins Gespräch vertieft, waren ihre Opfer gefunden. Wir bekamen eine saftige Strafarbeit und mussten tatsächlich nachsitzen. Gleich heute nach der letzten Stunde.

Jonas hatte recht gehabt. Diese Frau Hochholzer war wirklich ein Drache. Ein ganz besonders Furcht einflößender. Sie machte sich ein paar Notizen ins Klassenbuch, und dann blickte sie uns aus zusammengekniffenen Augen an.

»Sollten sich solche Vorkommnisse mehren, werde ich mit euren Eltern sprechen«, sagte sie, bevor sie endlich mit dem Unterricht begann. Welche Laus war der denn über die Leber gelaufen? Strafarbeit, Nachsitzen, mit unseren Eltern sprechen? Diese Frau hatte ja nicht mehr alle Tassen im Schrank.

Nach der Schule gingen wir sofort zu Francesca. Sie

wohnte gar nicht weit von mir entfernt. In einem kleinen Häuschen, das versteckt hinter einer Häuserzeile stand. »So etwas gibt es nur ganz selten in diesem Viertel«, sagte Francesca. »Und wir haben sogar einen Garten.« Stolz deutete sie auf ein paar Quadratmeter Rasen, die zwischen den windschiefen Häusern und alten Betonbauten irgendwie fehl am Platz wirkten. Mittendrin standen zwei große Ahornbäume, dazwischen hing eine zerfledderte Hängematte, und irgendwo stand ein alter Grill.

Das war wirklich ein seltenes Bild in dieser Gegend. Ein kleines Paradies im Hinterhof. Sofort setzte ich mich auf einen rostigen Gartenstuhl, zückte meinen Skizzenblock und begann ein paar schnelle Bilder zu malen.

»Du vergisst aber nicht, dass wir gleich was essen wollen?«, sagte Francesca und lachte. »Dann bringe ich mal schnell meine Sachen ins Haus und hole dich in zehn Minuten hier ab.«

Zehn Minuten genügten, dann hatte ich diese Idylle eingefangen, auf meinem Skizzenblock verewigt. Als Francesca zurückkam, staunte sie nicht schlecht.

»Das sieht super aus«, sagte sie.

»Hier sind noch bessere«, erklärte ich und zeigte ihr die Bilder von meiner Performance, von dem Abend im Keller und dem Essen bei mir zu Hause. »Vielleicht mache ich einfach eine Bildergeschichte über unser Viertel oder schreibe einen Text, den ich mit den Bildern illustriere.«

»Ja, vor allem diese Kellersache ist spooky. Wer sind die Jungs, und warum klopfen sie Wände und Heizungsrohre ab?«

»Das erzähle ich dir beim Essen«, sagte ich und sprang auf.

Wir verließen den Garten und spazierten ein Stück die Straße hinunter, bis wir zu einer großen Glastür kamen. *Ristorante Tivoli* stand über der Tür. Wir gingen hinein.

Es war ein großes, aber gemütliches Restaurant. Die rotbraunen Backsteinwände waren unverputzt, im hinteren Teil des Raums stand ein riesiger Pizzaofen, und eine offene Tür gab den Blick in die Küche frei. Dort hantierten mindestens drei oder vier Personen in weißen Schürzen und Mützen, kochten, redeten und lachten.

Eine Frau in Schwarz kam hinter der Anrichte hervor und umarmte Francesca. »Cara mia, wie war dein Schultag?« Dann fiel ihr Blick auf mich, und sie strahlte mich an. »Und du musst die talentierte Schulfreundin von Francesca sein. Na, dann kommt mal rein. Ich hab leider nicht viel Zeit, der Laden ist heute entsetzlich voll.« Das war nicht zu übersehen, das Restaurant war bis auf den letzten Platz besetzt.

»Meine Mutter ist etwas überschwänglich«, wisperte Francesca und grinste.

»Das habe ich gehört«, sagte ihre Mutter und eilte zur Küche. »Kommt mit, ihr könnt hinten essen.«

Und so kamen wir in den sagenhaften Genuss, in der Küche des Restaurants zu essen. An einem kleinen Tisch im Eck mit Blick auf Köche und Küchengehilfen, die sich zwischen Töpfen und Pfannen bewegten wie Flusskrabben im Sand.

»Marco, etwas schneller«, brüllte der Koch mit der größten Mütze, er war wohl der Chef der Küche. »Avanti, avanti.« Und ein kleiner schmächtiger Kerl zischte vorbei, in jeder Hand mindestens drei Teller, und fluchte.

»Verstehst du Italienisch?«, fragte Francesca. Ich verneinte.

»Das ist gut«, sagte sie und lachte. »Die Schimpfwörter sind nämlich nicht ganz jugendfrei. Aber ein wichtiger Bestandteil in der Menüabfolge.«

Und während wir auf unser Essen warteten (der Chefkoch hatte uns Spaghetti mit Muscheln empfohlen), zeichnete ich den Koch und seine Gehilfen und hielt ihre Hektik in einem kleinen Comicstrip fest. Mit ein paar Sprechblasen, die mir Francesca später ausfüllen musste. So richtig ordentlich. Mit Schimpfwörtern und allem Drum und Dran.

»Erzähl schon«, bat Francesca und war richtig ungeduldig. »Was ist in diesem Keller passiert? Wer sind die Jungs, und was hast du dort gemacht?«

Also legte ich meinen Stift beiseite und berichtete Francesca haarklein von den McClary-Jungs aus dem Hinterhaus. Von der Werkstatt ihrer Mutter, in der ich üben durfte. Und der Einladung zum Abendessen bei mir zu Hause. Natürlich musste ich auch von Herrn Eisenstein erzählen, er war ja der Schlüssel zu dem Ganzen. Und von Frau Rubens, unserer Nachbarin im Erdgeschoss, die die Tochter eines Bankräubers war.

»Ich verstehe«, sagte Francesca, als ich fertig war. »Und nun glauben die Jungs, dass sich das Geld noch irgendwo im Haus befindet, und sind in den Keller gestiegen, um dort zu suchen.«

»Jungs eben«, sagte ich und zuckte die Schultern.

Und Francesca lachte.

»Irgendwie habe ich den Eindruck, dass du durch diese Projektarbeit richtig viele Leute kennenlernst«, sagte Francesca und griff nach zwei Tellern randvoll mit Spaghetti. »Und eine Menge Spaß hast du außerdem.«

Ich stopfte mir eine Gabel voller Nudeln in den Mund. »Mhm, das macht wirklich ziemlichen Spaß«, nuschelte ich. »Hätte ich gar nicht gedacht. Wie läuft es denn in deiner Gruppe?«

Francesca verdrehte die Augen und seufzte. »Die meiste Zeit streiten wir. Ich hätte auch gerne Leute interviewt und mich selbst auf die Socken gemacht, aber die beiden anderen wollten nur im Netz arbeiten. Und ich sag dir was: Das ist superlangweilig. Das artet in eine völlig unsinnige Architekturrecherche aus. So ist das echt Mist, das kannst du mir glauben!«

13

IN DIESEM MOMENT kam Francescas Vater an unseren Tisch. Er war ein großer, stämmiger Mann mit unglaublich vollem Haar, einem Schnurrbart und einem ziemlich kurzen Hals. Er hatte blaue Augen, die schnell von rechts nach links wanderten.

Er gab mir die Hand, lächelte und hielt sich gar nicht lang mit Vorreden auf. »Schön, dass du gekommen bist. Ich habe gehört, dass du hervorragend Saxofon spielst. Auch Jazz?«

»Danke für das Kompliment«, sagte ich. »Und natürlich spiele ich auch Jazz. Mit einem Saxofon kommt man nicht drum herum.«

Francescas Vater zog sich einen Stuhl heran und setzte sich. »Natürlich, was für eine Frage«, erwiderte er. »Es geht nämlich um Folgendes: Nächste Woche gibt es hier in meinem Restaurant ein Treffen der SPD. Das musikalische Rahmenprogramm bestreitet eine Jazzcombo, das sind Jugendliche aus dem Viertel. Und jetzt ist bei denen der Saxofonist ausgefallen. Ich weiß, das kommt ein bisschen plötzlich, aber vielleicht magst du dich ja mit der Combo in Verbindung setzen?« Er nestelte einen Zettel mit einer Telefonnummer aus seiner Hemdtasche und schob ihn zu mir rüber. »Das ist der Typ, der Schlagzeug spielt, er heißt Max. Ruf ihn doch einfach mal an, oder verabrede dich mit ihm. Die proben fast jeden Nachmittag, in diesem Jugendzentrum …«

Ich griff nach dem kleinen Stück Papier, so vorsichtig, als könnte ich mir daran die Finger verbrennen, und speicherte die Nummer in mein Handy ein. Dann bedankte ich mich bei Francescas Vater, und mein Gesicht glühte vor Aufregung und Vorfreude. Nicht auszudenken, wenn das klappte. Natürlich wusste ich nicht, was die Combo spielen wollte und ob ich die Stücke beherrschte, aber einen Versuch war es wert. Hey, mein erster Auftritt in einer Combo, es wurde ja immer besser.

»Ich werde diesen Max anrufen«, sagte ich. Francescas Vater stand auf, gab mir die Hand, und dann war er auch schon verschwunden. Genauso schnell, wie er gekommen war.

»Mensch, stell dir mal vor, das würde klappen«, wisperte ich aufgeregt. Und Francesca grinste.

»Dann essen wir jetzt auf, rufen diesen Max an, und vielleicht können wir sogar gleich ins Jugendzentrum gehen.«

»Wir?«, fragte ich und war jetzt doch etwas überrascht.

»Natürlich nur, wenn du mich mitnimmst«, erwiderte Francesca. »Ich wollte da schon immer mal rein, hab mich aber alleine nie getraut. Und ganz ehrlich: Ich kann das ja vielleicht auch für meine Arbeit brauchen …« Sie stockte und malte mit ihrer Gabel Kreise und Kringel in die Soße. »Nein, das geht wohl nicht«, sagte sie dann. »Es war ja deine Idee, in diesem Viertel herumzustromern, und es wäre ziemlich unfair, diese Erlebnisse in meine Arbeit einzubauen.«

»Und wenn du einfach bei mir mitmachst?«, fragte ich. »Du kannst ja mit deiner Gruppe sprechen, vielleicht haben sie gar nichts dagegen. Und ich würde mich freuen.«

Jetzt strahlte Francesca, als hätte sie gerade einen Sechser im Lotto getippt. »Du würdest noch mit mir zusammenarbeiten wollen?«, fragte sie erstaunt.

Ich schob mir den letzten Bissen Spaghetti in den Mund und nickte. »Ja, natürlich. Was denkst du denn? Du bist die Netteste in unserer Klasse, sitzt neben mir und wohnst auch noch im selben Viertel …« Aber weiter kam ich gar nicht. Francesca war aufgesprungen und umarmte mich so stürmisch, dass zwei Wassergläser zu Boden gingen und der Chefkoch ein zorniges Gesicht machte. »PORCO DIO«, schimpfte er und schwang seinen Löffel. Und Francesca und ich schnappten unsere Siebensachen und machten, dass wir nach draußen kamen.

Ich erreichte Max und kam sofort zur Sache. Erklärte, wer ich war und warum ich anrief. Und eine halbe Stunde später standen wir vor dem Jugendzentrum und wurden von ihm in Empfang genommen. Wie zwei Prinzessinnen auf dem Weg ins Schloss. »Schön, dass ihr da seid«, rief er, tippte sich mit Zeige- und Mittelfinger gegen die Stirn und bugsierte uns in den Keller hinunter. »Ich bin Max und sitze am Schlagzeug.« Er vollführte einen Trommelwirbel mit unsichtbaren Stöcken, und ich musste lachen. Seltsam, dass wir Musiker alle Luftinstrumente besaßen und zu jeder passenden und unpassenden Gelegenheit darauf spielten. Vielleicht war das ja ein spezieller Tick oder eine Krankheit, ein Virus, der nur Musiker befiel. Dieser Max war mir jedenfalls auf Anhieb sympathisch. Er war ziemlich groß und hatte blonde Locken, ein breites Gesicht und eine ziemlich hässliche Brille auf der Nase. Er trug einen Jogginganzug und ausgetretene Chucks. »In unserer Combo gibt es noch Tom an der Trompete, Lena mit ihrer Querflöte und Mustafa am Piano.« Wir waren vor einem der Tonstudios angekommen, und Max stieß die Tür auf. »Ach, und natürlich Paul am Bass. Das ist der hier.«

Wir betraten den Raum, und Max zeigte auf einen Jungen, dem ein Schneidezahn fehlte. Neben ihm stand ein hübsches, ziemlich kleines Mädchen in Leggins und Schmuddelpulli, das musste wohl Lena sein. Und hinter dem Piano saß ein dunkelhaariger Typ mit einem umwerfenden Lächeln und strahlend weißen Zähnen. »Tom ist noch nicht da«, erklärte Max. »Aber das hier sind Lena und Mustafa.«

Ich nickte und deutete auf meine neue Freundin. »Das

ist Francesca vom italienischen Restaurant, und ich bin Maja, die Saxofonistin.«

»Ich habe dich im Waschsalon gehört«, sagte Paul plötzlich. »Das waren aber alles Filmmelodien. Wir machen Jazz.«

Ich nickte, biss die Zähne zusammen und beschloss, mich nicht aus der Reserve locken zu lassen. Und cool zu bleiben.

»Was wollt ihr denn im Restaurant spielen?«, fragte ich und begann, mein Saxofon auszupacken. Max blätterte in einem Notenstapel und hielt mir ein paar Seiten hin.

»Eigentlich sind es nur drei oder vier Stücke. Auf alle Fälle wollen wir *Hawkin* von Horace Silver spielen. Und den *Road Song* von Wes Montgomery.«

Ich nickte, das klang gut. Schöne Passagen fürs Saxofon, mittelschwer. »Was noch?«, fragte ich schnell.

»*Sugar* von Stanley Turrentine«, sagte Max, und ich lächelte vorsichtig. Ein gewaltiges Stück fürs Saxofon, vielleicht aber auch für die Trompete, je nachdem, wie es arrangiert war. Auf alle Fälle kannte ich auch diesen Song und hatte ihn neulich erst mit Sam geprobt.

»Und dann kommt es darauf an, wie gut du bist«, fuhr Max fort. »Es gäbe auch noch ein Stück von Horace Silver, das wir sehr lieben …«

»Welches denn?«, fragte ich vorsichtig.

»*Permit me to introduce you to yourself*«, sagte Max.

Überrascht zog ich die Augenbrauen hoch. »Wer

singt?«, fragte ich, und Max zeigte auf Lena. Puh, das war eine echte Herausforderung. Denn während Lena singen würde, hätte ich auf meinem Sax alle Hände voll zu tun und würde neben der Sängerin im Mittelpunkt stehen. Und da ich das Stück nur ohne Trompete kannte, wäre ich die Einzige am Blech.

»Gut«, sagte ich. »Dann versuchen wir es doch einfach mal, wenn Tom da ist.« In diesem Moment ging auch schon die Tür auf, und ein schlanker Typ in Jeans und Sakko betrat den Raum, nickte in die Runde und griff nach seiner Trompete.

»Du bist die Neue?«, fragte er, und ich merkte, dass ich diesen Satz zu hassen begann. »Das ist noch nicht raus«, erwiderte ich schnell. »Wir probieren es einfach mal.«

Ich ordnete die Partitur auf meinem Notenständer und griff nach meinem Instrument. »Du siehst, wo deine Einsätze sind?«, fragte Max. »Wir beginnen mit den einfacheren Stücken.« Er zog einen Stuhl für Francesca heran und setzte sich hinter sein Schlagzeug. Er zählte einen Takt vor, und dann ging es auch schon los. Da ich die Stücke kannte, waren meine Griffe sicher. Den Takt gab das Schlagzeug vor, also auch kein Problem. Schwieriger waren die Einsätze von Trompete und Saxofon, weil wir uns abwechselten, der eine da weitermachte, wo der andere aufhörte, oder unsere Stimmen ineinanderflossen. Der erste Versuch klang noch etwas holprig, ich verpatzte die Einsätze und kam einen Tick zu spät. »Und gleich noch mal«, sagte Max und zählte wieder vor. Beim zweiten Mal lief es schon besser, und beim dritten Mal war es fast perfekt. »Das klappt doch!«, rief Mustafa vom Piano, und wir spielten den *Road Song*. Mit herrlichen Soli. Zuerst für die Querflöte, eine phantastische Melodie und nicht gerade einfach. Dann für die Trompete, Tom machte das gut. Und schließlich für mich. Ich gab mein Bestes und tat so cool wie möglich.

Du kannst es, Maja, hörte ich Sam sagen und hatte plötzlich das Gefühl, dass sie ganz nah bei mir war. Crescendo und richtig reinlegen, wisperte sie. Und jetzt nachlassen, decrescendo, schnelle Tonfolge, da capo.

In diesem Moment gab es nur noch mein Instrument und Sam. Ich vergaß die anderen aus der Combo, vergaß Francesca und das Jugendzentrum. Es gab nur noch die Musik. Und mich.

»Wow«, sagte Lena, als der Schlussakkord gespielt war, und schraubte an ihrer Querflöte herum. »Du bist richtig gut. Also von mir aus bist du engagiert. Und dann können wir gleich noch den letzten Song proben.«

Sie gab mir die Noten und stellte sich neben mich.

»Wartet«, sagte ich, »das geht mir zu schnell. Ich möchte meinen Part erst einmal alleine spielen.«

Was auch nicht gerade einfach war, wenn man dabei Zuhörer hatte, aber Francesca erkannte offenbar meine blöde Lage.

»Warum lassen wir Maja nicht ein paar Minuten alleine, und ihr zeigt mir in der Zwischenzeit das Jugendzentrum?«, fragte sie, und ich hätte sie küssen können für ihren Vorschlag. So zog die ganze Combo ab, und ich begann zu spielen. Das Stück war doch nicht so schwer, wie ich gedacht hatte, nur – wie gesagt – es musste wirklich sitzen, denn der Hauptpart lag bei Lena und bei mir. Also noch einmal von vorne, »reinlegen!«, hörte ich Sam sagen, als plötzlich die Tür aufging.

»Habt ihr doch noch einen Saxofonisten gefunden?«, hörte ich jemanden fragen und drehte mich um. Vor mir stand Timo, zur Salzsäule erstarrt. »Das glaube ich jetzt aber nicht«, schnaubte er. »Hatte ich nicht deutlich zu verstehen gegeben, dass ich dich hier nicht sehen will?«

»Du mich vielleicht nicht«, sagte ich. »Aber die Mitglieder dieser Combo.«

»Na, das werden wir ja noch sehen«, fauchte Timo. »Ich mache hier nämlich auch Musik. Und wenn ich übe, muss alles stimmen, die Umgebung, das Gefühl und meine Laune. So jemand wie du verdirbt sie mir. Und das will ich nicht.«

Ich schloss die Augen, schüttelte den Kopf. Und hielt ein kurzes, inneres Gespräch mit Sam. Ein stilles natürlich.

»Hast du diesen Idioten gehört?«

»Ja, ein ziemlich blöder Typ, wenn du mich fragst.«

»Was soll ich denn jetzt machen, Sam?«

»Nichts. Mach gute Miene zum bösen Spiel.

Timo ist nur einer. Und die Mitglieder der Combo sind zu fünft. Und die wollen dich haben.«

Ich nickte und öffnete meine Augen, doch Timo war bereits verschwunden. Und zwei Minuten später waren die anderen zurück. Sie machten betretene Gesichter.

»Aha«, sagte ich und klang frostig. »Timo hat mit euch geredet.«

»Ja, hat er«, sagte Max. »Er will nicht, dass du hier spielst, und wir können ihn nicht einfach übergehen. Aber wir finden dich super und brauchen dich, und bis zu unserem Auftritt im Restaurant geht das auf alle Fälle in Ordnung!«

Lena nickte, Mustafa lächelte, Max setzte sich ans Schlagzeug, und Paul griff nach seiner Trompete.

»Kann ich bitte die gesamte Partitur haben?«, fragte ich noch. Wenige Sekunden später ging es auch schon los.

Ich weiß nicht, ob ich durch die Begegnung mit Timo zu viel Adrenalin im Blut hatte, jedenfalls spielte ich wie der Teufel. Und Lena sang wie eine echte Hexe. Mit rauchiger Stimme und tiefem Timbre. Wow, das war gut, nein, das war sogar richtig gut! Du bist klasse, sagte auch Sam. Und ich lächelte.

Als die letzten Töne verklungen waren, sprangen die Jungs auf und umarmten Lena und mich. »COOL!«, rief Mustafa. Und Max jubelte und schlug einen Trommelwirbel. Und damit war ich – zumindest bis zum Auftritt im Restaurant – engagiert. »Was ist denn dieser Timo für einer?«, fragte Francesca, als wir eine halbe Stunde später wieder auf der Straße standen.

»Ach, der Typ nervt, seit ich ihm das erste Mal begegnet bin«, sagte ich und berichtete ihr von unserem Zusammenstoß, seiner überheblichen Art und wie er verhindert hatte, dass ich im Jugendzentrum proben konnte.

»Und der plustert sich so auf, nur weil ihr einmal einen Zusammenstoß hattet?«, fragte Francesca.

»Nein, nicht nur deswegen«, sagte ich. »Ich war auch ziemlich fies zu ihm. Und jetzt bekomme ich eben die Quittung.«

Francesca lachte. »Schade, dass ich das nicht miterlebt habe. Ich kann mir gar nicht vorstellen, welche Gemeinheit einen Kerl wie den aus den Latschen hauen kann. Aber mal Spaß beiseite: Du hast super gespielt. Und hast einen Auftritt bei uns im Restaurant. Ist das nicht toll?«

Doch, das war es. Und was noch viel mehr zählte und tausendmal besser war: Ich hatte eine neue Freundin gefunden. Die nur eine Straße weiter wohnte, in der Schule neben mir saß und vielleicht sogar die Projektarbeit mit mir machte. Ich dankte den Göttern, dem Schicksal und allen Heiligen, deren Namen ich auf die Schnelle zusammenbrachte. Und beschloss, gleich heute Abend noch eine Mail an Sam zu schicken. Damit sie sich keine weiteren Sorgen um mich machte. Und sich mit mir freute.

14

MIT FREUNDSCHAFTEN WAR DAS SO EINE SACHE. Manche Freunde hatte man schon ein Leben lang, diese Freundschaften waren erprobt, quasi in Wind und Sturm getestet. So wie bei Sam und mir. Oder man hatte neue Freunde, dann war das etwas schwieriger. Erst einmal musste man gucken, ob man überhaupt zusammenpasste; ob man ähnliche Interessen hatte und über dieselben Sachen lachen konnte. Und dann fing man an, sich immer besser kennenzulernen. Schritt für Schritt, Tag für Tag. Einer neuen Freundin konnte man nicht gleich sein Leben erzählen. Das funktionierte nicht. Man musste dieselbe Schulbank drücken, Sorgen und Ängste teilen und zusammen Abenteuer erleben.

»Ich habe mit meiner Arbeitsgruppe gesprochen«, sagte Francesca am nächsten Morgen in der Schule. »Und die Mädels haben nichts dagegen, wenn ich aussteige und ab jetzt mit dir zusammenarbeite.«

Ich strahlte sie an. »Super!«

»Und deshalb würde ich gerne die Leute aus deinem

Haus kennenlernen«, fuhr sie fort. »Du weißt schon: den älteren Herrn, der diese Bankräuber-Geschichte erzählt hat, und die Jungs aus dem Hinterhaus. Vielleicht können wir ja auch andere Beteiligte von damals interviewen, vielleicht die junge Frau aus dem Erdgeschoss, was hältst du davon?«

Davon hielt ich ausgesprochen viel und wunderte mich, dass ich nicht selbst schon auf die Idee gekommen war. Jedenfalls war klar, dass ich Francesca so schnell wie möglich in die Welt einführen musste, die ich in den letzten Tagen erobert hatte.

Am Nachmittag hatte ich noch mal eine Probe im Jugendzentrum, aber da ging ich alleine hin. Die Probe lief gut, ich war konzentriert bei der Sache, und die anderen waren sehr zufrieden. Mit Ausnahme von Timo natürlich, dem ich gleich zweimal auf dem Flur begegnete und der gar nicht erst versuchte, seine Abneigung zu verbergen.

Anschließend holte ich Francesca ab, und ich zeigte ihr meine Wohnung, mein neues Zuhause. Dann besuchten wir Herrn Eisenstein. Der freute sich, Francesca kennenzulernen, und ich erzählte ihm von meinen Proben in der Jazzcombo und dem Auftritt im Restaurant von Francescas Eltern.

»Das ist der richtige Start«, sagte Herr Eisenstein. »Die guten Jazzer haben alle in irgendwelchen Kneipen und seltsamen Etablissements begonnen.«

Francesca kicherte, und ich beeilte mich zu erklären, dass das italienische Restaurant alles andere als irgendeine Kneipe oder ein seltsames Etablissement war.

»Das macht nichts«, erwiderte Herr Eisenstein. »Was nicht ist, kann ja noch werden.«

»Ich werde meine Eltern bitten, sich anzustrengen«, erwiderte Francesca, und so verbrachten wir eine vergnügliche Stunde im vierten Stock unseres Hauses. Beim Verabschieden entdeckte auch Francesca das Bild von Timo an der Wand. Sie öffnete schon den Mund, um etwas zu sagen, aber ich legte den Zeigefinger über meine Lippen und schüttelte den Kopf. Zu viel Interesse an diesem Foto war auffällig, und ich wollte Herrn Eisenstein nicht beunruhigen. Egal, ob er nun wusste, wer da an seiner Wand hing oder nicht.

Als wir uns dann verabschiedet hatten und die Treppe hinuntergingen, konnte Francesca es nicht länger abwarten.

»Das war doch dieser bescheuerte Timo da auf dem Foto, oder?«

Ich nickte und wischte mit der Hand durch die Luft. »Herr Eisenstein will nicht über die Fotos reden«, erklärte ich. »Ich habe es auch schon versucht, keine Chance.«

»Komisch«, sagte Francesca. »Man bekommt nicht gerade den Eindruck, dass Herr Eisenstein noch viel weggeht oder sich mit jungen Leuten trifft. Woher hat er wohl das Bild?«

Ich zuckte mit den Schultern. Nicht, weil es mich nicht interessiert hätte. Sondern weil ich keine Ahnung hatte.

»Wir sollten da schon noch mal nachfragen«, sagte Francesca und grinste. »Ganz vorsichtig und höflich natürlich. Aber das könnte spannend sein.«

Ich sah meine neue Freundin an und staunte. So viel Mut und Entdeckergeist hatte ich ihr gar nicht zugetraut. Ich musste lachen. »Könnte es«, sagte ich und hakte mich bei ihr unter.

Dann gingen wir in den Waschsalon. Aengus und Brendan standen hinter der Kaffeemaschine und quatschten. Gut gelaunt stellte ich ihnen Francesca vor.

»Wie, du hast schon eine Freundin in dieser Stadt?« Aengus grinste. »Bei mir hat das Jahre gedauert.«

»Was aber an dir lag«, sagte Brendan und begrüßte Francesca. Er bot ihr einen Stuhl an und servierte ihr einen Tee – auf Kosten des Hauses. Brendan war noch netter als sonst. Das musste an Francesca liegen.

»Ich glaube, du hast einen Fan«, flüsterte ich ihr zu, und sie wurde tatsächlich rot. Guckte ein paarmal zu Brendan hinüber, und als sich die Brüder dann zu uns setzten, wurde mir klar, dass auch Brendan einen Fan hatte. Francesca ließ ihn keine Sekunde aus den Augen. Und irgendwann unterhielten sich die beiden angeregt, ohne Aengus oder mich auch nur eines Blickes zu würdigen.

»Hey«, sagte ich und tippte Francesca auf die Schulter. »Ich dachte, du interessierst dich für diese Bankraub-Geschichte?«

»Ich fasse es nicht«, stöhnte Aengus. »Du hast ihr doch nicht etwa davon erzählt?«

»Doch, habe ich«, entgegnete ich trocken. »Erstens arbeitet Francesca jetzt mit mir an diesem Projekt über unser Viertel, und zweitens gibt es hier sowieso kein verstecktes Geld. Weder im Keller noch in einem dieser Häuser.«

Aengus raufte sich seine roten Haare. »UNDANK IST DER WELTEN LOHN«, schnaubte er. »Wir nehmen dich mit in unseren Keller, und du glaubst gar nicht an die Geschichte. Und erzählst sie auch noch munter weiter.« Er schien wirklich sauer zu sein. Aber Francesca lenkte ein und glättete die Wogen. »Euer Geheimnis ist bei mir gut aufgehoben«, sagte sie, und Brendan strahlte sie an, als hätte sie gerade verkündet, die diesjährige Miss World zu sein. »Und wer weiß, vielleicht ist die Knete ja tatsächlich noch irgendwo.« Ich hatte keine Ahnung, ob sie das ernst meinte, jedenfalls spannen sie und die Jungs eine skurrile, aber vielleicht mögliche Geschichte nach der anderen zusammen, und ich zückte meinen Stift und hielt das Gespräch in kleinen Cartoons fest.

Francesca und die McClary-Jungs im Gespräch über einen zehn Jahre alten Bankraub betitelte ich den Cartoon. Mein Storyboard, wie Paps sagen würde. Der musste sich nämlich die Geschichten, die er verfilmen wollte, auch immer in kleinen Bildchen aufmalen. Was wirklich niedlich aussah.

»Vielleicht hat Herr Eisenstein das Geld«, sagte Francesca plötzlich, und ich staunte über ihre blühende Phantasie.

»Dann wäre es aber ziemlich leichtsinnig, uns davon zu erzählen«, entgegnete Aengus, und ich musste ihm, bei aller Sympathie für Francesca, recht geben. Doch Francesca ließ sich nicht beirren. »Das sehe ich anders«, sagte sie. »Herr Eisenstein ist seit vielen Jahren allein. Mit dem Geld kann er nicht viel anfangen, vielleicht braucht er es nicht einmal. Aber Gesellschaft ist ihm wichtig …«

Jetzt musste ich wirklich lachen. »Und deshalb erzählt er die Geschichte? Um die McClary-Brüder anzulocken? Damit sie seine Wohnung mal so richtig auf den Kopf stellen? Dann hätte er wirklich nicht alle Tassen im Schrank!«

Brendan verschluckte sich an seinem Tee, und Aengus prustete so laut los, dass er sogar die Waschmaschinen übertönte.

Doch Francesca ließ sich immer noch nicht beirren. »Mhhm, mal nachdenken«, sagte sie. »Maja spielt ja nächste Woche in unserem Restaurant.« (Hier musste sie kurz unterbrechen, da die Brüder weder wussten, dass Francescas Familie ein Restaurant besaß, noch, dass ich dort spielen würde.)

»Wir könnten doch einen großen Tisch reservieren, und Maja lädt alle Leute aus dem Haus ein. Dann sind auch Herr Eisenstein und die Tochter des Ganoven da.

Und dann sehen wir schon, ob wir das Gespräch darauf bringen können. Was haltet ihr davon?«

Wir hielten viel davon. Wobei ich sowieso spielen musste, und später sollte ich ja auch noch ein paar Skizzen machen.

»Für dich wird das vielleicht kein Vergnügen«, sagte Francesca und grinste. »Aber ich denke, für uns schon.«

So viel zum Thema Freundschaft. Hatte ich schon erwähnt, dass neue Freundschaften schwierig sein können? Vor allem, wenn sich alle miteinander verbündeten, auf einen tollen Abend freuten und gelassen darüber hinweggingen, dass man selber nicht wirklich dabei sein konnte? Aber egal, ich freute mich genauso auf diesen Abend, wenn auch aus anderen Gründen. Und so ließ ich meinen Freunden ihren Spaß und ertappte mich sogar dabei, dass ich hoffte, sie würden etwas herausfinden. **Was für eine coole Story das werden würde, Wahnsinn!**

Und Francesca und ich mittendrin. In abendlichen Jazzsessions, alten Bankraub-Geschichten und einer bunten Mischung seltsamster Leute. Für einen kurzen Augenblick dachte ich an Sam und bedauerte, sie nicht hier zu haben. Aber dann widmete ich mich wieder meinen Skizzen, lauschte meinen neuen Freunden und war in Teilen meiner Gedanken bei dieser Combo, mit der ich bald einen Auftritt haben würde.

»So schnell werden wir uns hier wohl nicht einleben«, hatte mein Vater erst gestern noch gesagt. Und dabei ganz unglücklich gewirkt. Auf mich traf das allerdings nicht zu. Ich hatte das Gefühl, in einem Überschallflugzeug zu sitzen und jeden Tag mehr zu erleben als früher in einem ganzen Monat.

15

KOMISCHERWEISE EMPFANDEN MEINE ELTERN unser neues Zuhause und diese Stadt als ziemlich anstrengend. Ausgerechnet sie, die mich hierher verschleppt hatten. Aber vielleicht brauchten sie einfach nur mehr Zeit als ich.

»Die Menschen hier sind sehr verschlossen«, beklagte sich meine Mutter nun immer öfter. Sie hatte einen gut bezahlten Job als Kostümfrau in der Filmcrew meines Vaters bekommen und war nun oft unterwegs. »Höflich und nett, aber eben auch verschlossen.«

Und meinen Vater störte der Luxus und das viele zur Schau gestellte Geld. »Wenn ich morgens in die Studios fahre«, sagte er jetzt immer wieder, »komme ich durch die Gegend der Reichen und Schönen. Da stehen Villen, das gibt es gar nicht!«

Ich sparte mir, ihn darauf hinzuweisen, dass erfolgreiche Produzenten und Schauspieler meist in tollen Villen wohnten. Auch in Berlin und überall sonst auf der Welt.

Ich schwieg, weil ich nicht wirklich glaubte, dass das sein Problem war. Er und Mama hatten einfach noch nicht genügend Leute kennengelernt und waren etwas einsam. Und das machte Francescas Idee tatsächlich noch attraktiver. Dass ich in dem Restaurant ihrer Eltern spielen würde, wussten meine Eltern bereits. Aber welcher Part ihnen dabei zukam, noch nicht.

»Wir reservieren einen Tisch für das ganze Haus«, sagte ich an diesem Abend. Ich setzte mich direkt vor den Fernseher und hatte ihre volle Aufmerksamkeit. Vielleicht, weil ich ihnen die Sicht auf die *Tagesschau* nahm. Vielleicht aber auch, weil sie hören wollten, was wir geplant hatten.

»Das ganze Haus?«, fragte meine Mutter verblüfft. »Du meinst, alle unsere Nachbarn?«

»Ja«, sagte ich. »Da sind einige sehr interessante Leute dabei.«

Papa schmunzelte. »Mit sehr interessant meinst du vermutlich die Frau aus dem Erdgeschoss, die Tochter des Westend-Räubers?«

»Zum Beispiel«, sagte ich und nickte. »Könnte eine coole Geschichte sein. Und coole Geschichten interessieren dich doch auch, oder etwa nicht? Was hältst du davon, wenn du sie ein bisschen ausfragst, so als Regisseur, meine ich. Und Mama lernt vielleicht auch jemanden kennen, zum Beispiel die Frau aus dem vierten Stock. Sie scheint krank zu sein, jedenfalls ist irgendetwas mit ihr.«

»Na, das klingt doch vielversprechend«, erwiderte meine Mutter und verdrehte die Augen. Und Paps verschluckte sich vor Lachen an seinem Bier.

Doch nachdem ich den beiden auch noch den letzten Rest der *Tagesschau* versüßt hatte, versprachen sie, sich an dem Abend meines Auftritts zu bemühen, die Leute am Tisch zu unterhalten. Etwas über den Bankraub in Erfahrung zu bringen, sich um Herrn Eisenstein zu kümmern und vielleicht sogar herauszufinden, was mit der Frau aus dem vierten Stock los war. Vorausgesetzt, sie kam überhaupt.

Drei Tage später war es so weit. Wir (das heißt die Combo und ich) hatten geprobt bis zum Umfallen, und unsere Stücke saßen. Wir waren ja nur das Rahmenprogramm, aber dass wir uns nicht gerade blamieren wollten, war so klar wie Kloßbrühe.

Und das Restaurant sah hinreißend aus! Es war schummrig beleuchtet, auf den Tischen brannten Kerzen, und neben dem porzellanweißen Geschirr standen zu spitzen Kegeln gefaltete Stoffservietten. An der Stirnseite des Raumes war eine kleine Bühne aufgebaut. Auf der würden die Redner des Abends stehen. Und die Bläser der Combo: Tom, Lena und ich.

Das Schlagzeug, das Piano und der Bass standen gleich neben der Bühne, und hier schraubten Max und Mustafa noch an der Technik herum.

Auf allen Tischen standen kleine *Reserviert*-Schilder, aber der größte und längste Tisch gehörte uns, hier würden unsere Hausbewohner sitzen und die McClarys. Sie hatten tatsächlich alle zugesagt, auch Frau Rubens und die kranke Frau aus dem vierten Stock. »Ich wäre sowieso gekommen«, hatte sie gesagt, als ich mit meinen Einladungskarten an ihrer Tür geklingelt hatte. Sie hatte toll ausgesehen, überhaupt nicht mehr so krank wie beim letzten Mal. Und dann hatte sie mir so lustig zugezwinkert, dass ich die Vermutung hatte, dass sie bereits von jemandem eingeladen worden war. Und sich mächtig auf den Abend freute. »Sie sitzen aber schon mit uns an einem Tisch?«, fragte ich vorsichtig, und die Frau hatte genickt. »Sehr gerne, liebe Maja«, hatte sie geantwortet. »Und ich wünsch dir viel Glück und einen tollen Auftritt.«

Noch waren die Gäste aber nicht da. Die Kellner sausten durchs Restaurant, legten fehlendes Besteck auf und kontrollierten die Tische. Max und Mustafa machten einen Soundcheck, und dann packten auch Lena, Tom und ich unsere Instrumente aus.

»Wir machen eine kurze Probe«, sagte Mustafa durchs Mikro, und Francescas Eltern guckten kurz aus der Küche und fragten, ob alles in Ordnung sei und ob wir noch was brauchten. Aber es war alles in Ordnung. Wir brauchten nichts, und unsere Probe verlief ganz wunderbar.

Und eine Stunde später war es dann so weit. Die Gäste trudelten ein. »Die meisten sind natürlich aus dem Viertel«, wisperte Francesca. »Das heißt, die Geschichten für unsere Projektarbeit liegen direkt vor uns.«

»Vor mir liegt jetzt erst mal eine Arbeit ganz anderer

Art«, flüsterte ich, und Francesca nickte aufgeregt. »Ich weiß, ich wünsch dir viel Glück, Maja. Du bist gut, und du schaffst das!«

Dann war das Restaurant voll. Die Leute hatten Platz genommen, ihre Getränke bestellt, und wir gingen nach vorne. Max, Mustafa und Paul waren bereits an ihren Instrumenten. Wir anderen drei stiegen auf die Bühne.

Im Restaurant wurde es still, als Max einzählte und wir *Hawkin* von Horace Silver spielten. Anschließend gab es eine Rede zur geplanten Begrünung des Westends. Und dann kamen wieder wir mit dem *Road Song* von Wes Montgomery. Die Einsätze klappten perfekt, und wir wurden mit donnerndem Applaus belohnt. Es folgte eine Rede zu den Kindergartenplätzen im Westend, anschließend spielten wir *Sugar*. Nach der letzten Rede zum Thema Mietpreise im Westend steuerten wir auf unseren Höhepunkt zu: *Permit me to introduce you to yourself* von Horace Silver. Lena nickte mir zu und griff zum Mikro. Max gab den Takt vor, und Mustafa langte in die Tasten. Und dann sang Lena. So herrlich wie ein Engel. Aber mit sehr rauchiger Stimme und tiefem Timbre. Der ganze Saal hielt den Atem an, und als ich meine Saxofonstimme über Lenas Singstimme legte … **ein Traum**! Der letzte Ton verklang, und es blieb im ganzen Raum still. Und dann tobte der Applaus, brandete wie eine Welle zu uns nach vorne, die Leute standen auf, jubelten und riefen **Bravo!**. Der Saal tobte.

Inmitten der begeisterten Gesichter sah ich meine Eltern, und auch sie strahlten, applaudierten und freuten sich. Und waren vermutlich richtig stolz auf mich.

»Cool, Leute«, sagte Max. »Ihr wart echt klasse!« Dann stiegen er, Mustafa und Paul zu uns auf die Bühne, und wir verbeugten uns mindestens dreimal hintereinander.

»ICH GLAUBE, WIR WERDEN EINEN WEG FINDEN MÜSSEN, UM WEITER PROBEN ZU KÖNNEN«, sagte Mustafa. Nein, eigentlich brüllte er es. Denn der Applaus war immer noch ohrenbetäubend. »Wir reden mit Hakim, jedenfalls hat die Combo in dieser Besetzung echt Zukunft.« Dieser Satz freute mich total, und was dann kam, freute mich noch mehr. Ein Mann mit langen weißen Haaren trat zu uns. Er sah ein bisschen aus wie der Zauberer Merlin, nur nicht ganz so alt natürlich. Ich schätzte ihn auf irgendetwas zwischen vierzig und fünfzig.

»Habt ihr eigentlich mal daran gedacht, im *Kulturkeller* aufzutreten?«, fragte er.

»Im *Kulturkeller*?«, erwiderte Max und schnappte nach Luft wie ein Fisch, der an Land gespült worden war.

»Kommt am Donnerstag, so ab zehn«, sagte Merlin. »Da kann jeder auf die Bühne und drei Stücke spielen. Und anschließend jammen wir immer noch ein bisschen.«

»Wir kommen«, sagte Max und lachte. Dann warf er einen unsicheren Blick auf unsere kleine Combo und zögerte. »Wenn wir das hinkriegen.« Natürlich meinte er nicht unser Talent, das war schon klar. Der Haken an der Sache war die Uhrzeit. Max, Lena und die anderen waren zwar etwas älter als ich, aber zehn Uhr abends war heftig. Vielleicht kamen wir erst um elf oder zwölf Uhr dran, und am nächsten Tag war ja auch Schule.

Doch Max schien wirklich aufgeregt. »Das ist ein ganz cooler Musiker hier im Viertel, der hat schon mit den ganz großen Bands gespielt. Und wenn der uns einlädt …«

Und auch Lena strahlte wie ein Honigkuchenpferd und Mustafa sowieso. Paul und Tom waren schon verschwunden, wahrscheinlich hatten sie Freunde oder Verwandte getroffen und sich kurzerhand ins Privatleben gestürzt.

Genau das machte ich jetzt auch. Und war nicht wenig erstaunt, als Max mit an meinen Tisch kam. »Möchtest du dich zu uns setzen?«, fragte ich und deutete auf meine Eltern.

»Ich glaube, ich setze mich zu meiner Mutter«, sagte Max und zeigte auf die kranke Frau aus dem vierten Stock. Die heute ganz gesund und wirklich gut aussah.

»Was? Wieso?«, stammelte ich. »Du wohnst im gleichen Haus wie ich? Wieso habe ich dich noch nie bemerkt?«

»Nein«, sagte Max und schüttelte den Kopf. »Meine Mutter wohnt mit meinem kleinen Bruder zusammen, und ich lebe bei meinem Vater. Ein paar Häuser weiter.«

Und dann stellte ich ihm alle Hausbewohner und

Freunde vor, sofern er sie nicht schon kannte. Francesca saß schon wieder bei den McClary-Brüdern, und es war bestimmt nur noch eine Frage der Zeit, bis es zwischen ihr und Brendan funkte. Nein, gefunkt hatte es ja schon.

Francesca strahlte mich an. »Du warst so toll, Maja!«, rief sie, und sie umarmte mich, als hätte ich soeben einen Eintrag im *Guinnessbuch der Rekorde* erhalten. Und mein Vater sprach die Frau aus dem Erdgeschoss an. Anscheinend hatte er damit gewartet, bis ich auch dabei sein konnte.

»Ich möchte nicht aufdringlich sein«, begann er. »Aber ich habe diese faszinierende Geschichte von Ihrem Vater gehört. Ich bin Regisseur mit einem Faible für spannende Geschichten.«

Frau Rubens lachte. »Sie sind nicht aufdringlich, vermutlich kennt jeder im Haus meinen Vater. Von daher …«

Am Tisch war es mucksmäuschenstill geworden. Alle hatten ihre Gespräche eingestellt und waren ganz Ohr. Frau Rubens lachte wieder. »Sehen Sie«, sagte sie. »Sie sind nicht der Einzige mit einem Faible für spannende Geschichten.«

Die Frau war mir auf Anhieb sympathisch. Sie verübelte uns unsere Neugier nicht. Und sie schien überhaupt kein Problem zu haben, über die Geschichte zu sprechen. »Die ganze Sache war eine Kurzschlussreaktion. Unbedacht und ungeplant. Mein Vater hatte seinen Job verloren und war pleite. In einer Kiste fand er mein altes Faschingskostüm, die Maske vom kleinen Gespenst. Kurzerhand hat er sie eingesteckt und ist damit zur Sparkasse marschiert. Und den Rest kennen Sie ja …«

»Nicht ganz«, erwiderte mein Vater und lächelte charmant. »Wir diskutierten das Thema bereits an einem der letzten Abende. Und da fingen unsere Jugendlichen an, wild zu spekulieren. Wo das Geld geblieben sein könnte, ob Ihr Vater es vielleicht irgendwo versteckt hat, na, Sie wissen schon …«

Frau Rubens lachte. »Ja, ich weiß. Das ist natürlich der Stoff, aus dem die Träume sind. Leider kann ich Ihnen das nicht beantworten, ich weiß es nicht. Aber etwas anderes weiß ich, und das finde ich eigentlich auch ganz spannend. Besonders für unsere Jugendlichen hier.« Dabei guckte sie Francesca, mich und die McClary-Brüder an, und ich wurde tatsächlich ein bisschen rot. »Die Polizei hat damals das ganze Haus auf den Kopf gestellt«, fuhr die Frau fort. »Und da hat sie einen Gang gefunden, der in die alten Brauereikeller führt.«

Mein Vater guckte ziemlich verständnislos, aber er war nicht der Einzige.

»In was für alte Brauereikeller?«, fragte meine Mutter, und auch die McClary-Jungs runzelten die Stirn, als müssten sie nachdenken.

»Es gibt hier doch diese alten und extrem tief gelegenen Keller der Augustiner Brauerei. Einige von ihnen werden heute anders genutzt, als *Kulturkeller* zum Beispiel.«

Aha, schon wieder der *Kulturkeller*. Zweimal an einem Abend. Das war kein Zufall, das war ein Zeichen.

»Unser Haus liegt einen Straßenzug entfernt von diesen Kellern. Und wurde eigentlich auch erst später erbaut. Und trotzdem führt von unserem Keller ein Gang zu den Brauereikellern. Das wusste niemand, bis die Polizei ihn entdeckte.«

»Dann hat Ihr Vater das Geld vielleicht über diesen Gang in Sicherheit gebracht?«, fragte Aengus, und sein Gesicht glühte vor Aufregung wie eine Ampel zur Rushhour. Doch Frau Rubens schüttelte den Kopf. »Das glaube ich nicht. So viel Zeit hatte er gar nicht. Aber was den Gang betrifft, so glauben ein paar Historiker, dass er vielleicht als Fluchtweg diente. Für Widerstandsgruppen im ›Dritten Reich‹.«

»Gab es denn so viele in diesem Viertel?«, fragte mein Vater.

»Ja, einige«, erwiderte Frau Rubens. »Monarchisten genauso wie Kommunisten. Einzelpersonen, die geheime Treffen abhielten und sich von hier aus organisierten. Das mit dem Gang ist nur eine Vermutung, könnte aber durchaus so sein.«

Aengus' Interesse war für einen kurzen Moment erloschen. Geschichtliche Hintergründe konnten die Geld-Story keinesfalls toppen. Aber dann flammte seine Neugier plötzlich wieder auf. »Von wo aus gelangt man denn in diesen Gang?«, fragte er vorsichtig. Seine Mutter schlug die Hände zusammen und schüttelte den Kopf.

»Aengus McClary«, sagte sie streng. »Das kommt überhaupt nicht infrage.«

Doch Frau Rubens winkte ab. »Das ist nicht besonders aufregend und ganz und gar ungefährlich. Die Polizei hat den Gang sogar offen gelassen. Man gelangt über den Keller von Herrn Eisenstein hinein. Also vielleicht gestattet er euch ja mal einen Blick …«

Ich brauche wohl nicht zu betonen, dass Herr Eisenstein der meistumworbene Mann des restlichen Abends war. Jedenfalls, was Aengus, Brendan und Francesca betraf. Und als wir eine Stunde später nach Hause gingen (es war bereits zehn Uhr, und alle waren sehr müde), überreichte mir Herr Eisenstein tatsächlich seinen Kellerschlüssel. »Den brauche ich sowieso kaum, da unten liegt nur Gerümpel. Aber ihr müsst zusammen gehen, und du musst mir hinterher alles haarklein erzählen«, sagte er. Und ich versprach ihm, genau das zu tun.

16

NICHTS IST ENTTÄUSCHENDER als eine große Erwartung, die sich nicht erfüllt. Leider war das auch mit dem Keller und diesem Gang so. Gleich am nächsten Tag stiegen wir hinunter. Das Abteil von Herrn Eisenstein war fast leer: ein alter Sessel, zwei Truhen und ein schiefes Regal. Gleich hinter dem Regal begann der Gang, der sich leider als stinknormaler Flur entpuppte. Er war sogar elektrisch beleuchtet und endete nach hundert Metern vor einer Eisentür. Die McClary-Brüder machten lange Gesichter, Francesca meckerte herum, und ich machte ein paar schnelle Zeichnungen von ihren Gesichtern, der Eisentür und den geplatzten Hoffnungen. Mit zügigen Strichen zeichnete ich ein paar Geldsäcke. Mit dem Emblem der Sparkasse darauf.

»Die McClary-Brüder für immer arm« schrieb ich darunter.

Und jetzt konnten auch Brendan und Aengus wieder lachen. Vorsichtshalber rüttelte Francesca kurz an der Eisentür. Das rostige Ding quietschte wie ein Baby und sprang auf.

»Das gibt's doch gar nicht«, jubelte Brendan und gab

Francesca einen schnellen Kuss. Nur auf die Wange und wirklich ganz schnell, aber wir hatten es alle gesehen. Dann öffnete er die Tür sperrangelweit, zog eine Taschenlampe aus seiner Jackentasche und marschierte los.

»Wir sind in dem Keller eines anderen Hauses«, zischte er. »Und hier ist noch eine Treppe. Die führt steil bergab.«

Vorsichtig folgten wir Brendan, und jetzt wurde es wirklich spannend. Ob es an der Dunkelheit lag und daran, dass wir nur diese kleine Taschenlampe hatten, oder daran, dass wir nicht genau wussten, wo wir waren – ich hatte keine Ahnung. Am Ende der Treppe gab es noch eine Tür, aber auch die war nicht abgeschlossen.

Als Brendan sie aufdrückte, fielen auf der anderen Seite ein paar Kisten um und donnerten mit lautem Getöse zu Boden. Wir erstarrten und warteten ein paar Minuten. Aber nichts tat sich. Dann traten wir durch die Tür. Brendan leuchtete mit der Taschenlampe von links nach rechts. Wir befanden uns in einem kleinen Raum, überall standen Bierträger und Limokisten. »Sieht aus wie ein Büro«, sagte Aengus, und Francesca lachte. »Das ist doch kein Büro«, sagte sie. »Höchstens ein Vorratsraum. Seht mal, da ist ein Vorhang.« Sie zog ihn zur Seite, Brendan leuchtete, und wir gingen dem Lichtkegel hinterher.

»Wow«, rief ich. »Was ist denn das?«

Wir standen in einer riesigen unterirdischen Halle. Einem meterhohen Gewölbe aus Stein. In der Halle gab es ein paar Tische und Bänke, und ganz vorne stand ein halbhohes schwarzes Monstrum.

»Das ist eine Bühne«, rief Brendan. »Wir sind im *Kulturkeller*!«

Andächtig starrten wir auf die Bühne, die Tische und die Stühle. »Hier werde ich also spielen«, sagte ich leise, und die anderen trauten sich kaum zu atmen. Aus Ehrfurcht, Aufregung und um den Moment nicht zu zerstören. Wir blieben sicherlich noch fünf Minuten so stehen. Dann erst machten wir uns auf den Weg zurück. Das heißt, Francesca und ich gingen zurück, die McClary-Brüder blieben noch. Und es war total klar, was sie vorhatten.

»Hoffentlich zerlegen sie nicht den ganzen Keller«, sagte ich. »Ich habe da nämlich noch einen Auftritt.«

»Gehst du da wirklich hin?«, fragte Francesca.

»Wäre schon cool«, sagte ich. »Wenn ich auch keine Ahnung habe, wie ich von zu Hause verschwinden kann, ohne dass meine Eltern es merken.«

»Vielleicht durch diesen Gang?«, schlug Francesca vor. Doch ich schüttelte den Kopf. »Der Weg in den Keller ist nicht das Problem. Ich muss unbemerkt aus der Wohnung kommen, und meine Eltern gehen erst spät ins Bett.«

»Warum schläfst du nicht einfach bei mir?«, sagte Francesca. »Meine Eltern sind den ganzen Abend im Restaurant, und wenn sie nach Hause kommen, sind wir längst zurück.«

Überrascht guckte ich meine Freundin an. »Du bist super«, sagte ich und umarmte sie, bis sie fast keine Luft mehr bekam. Dann endete der Gang, und wir waren wieder in Herrn Eisensteins Keller.

»Nicht absperren«, flüsterte Francesca. »Sonst verhungern die McClary-Brüder in den Gewölben. Und das wäre doch wirklich schade.«

»Sehr schade«, sagte ich, und Francesca lachte.

Am Nachmittag ging ich ins Jugendzentrum. Max erwartete mich schon an der Tür. »Timo haben wir noch nicht gesagt, dass wir weiterproben«, erklärte er. »Außerdem soll der sich nicht so aufspielen. Nur weil er die Idee hatte, die Tonstudios zu bauen, kann er noch lange nicht bestimmen, wer hier spielt und wer nicht.« O doch, das konnte er. Und offensichtlich sogar gut.

»Ihr scheint aber alle ordentlichen Respekt vor ihm zu haben«, sagte ich.

Max zuckte mit den Schultern. »Nein, eigentlich haben wir Mitleid mit ihm. Seine Mutter ist gestorben, und das hat ihn sehr mitgenommen. Jetzt lebt er bei seinem Vater, aber mit dem versteht er sich nicht. Das Jugendzentrum ist sozusagen sein Zuhause.« Max ging neben mir durch den Flur, und dann stiegen wir die Treppe hinunter. »Du darfst nicht denken, dass wir Weicheier sind, Maja. Wir wollen Timo nur nicht auf die Zehen treten. Aber da wir jetzt wieder üben müssen und dich gern in der Combo hätten, werde ich zu Hakim gehen und mit ihm reden.«

Mein Herz machte einen gewaltigen Sprung. Sofort griff ich nach meinem Luftsaxofon und spielte eine schnelle Improvisation.

»Ja, trainier schon mal«, sagte Max und lachte. »Für den *Kulturkeller* werden wir dir das Äußerste abverlangen!«

»Bis jetzt dachte ich, mein größtes Problem wären die Uhrzeit und meine Eltern«, sagte ich. »Aber da hab ich mich wohl getäuscht. Was wollen wir denn spielen?«

Wir betraten das Tonstudio, die anderen waren schon da.

»Wir starten auf alle Fälle mit dem Erfolg des letzten Abends«, sagte Lena. »*Permit me to introduce you to yourself* von Horace Silver.«

»Geschenkt«, erwiderte ich. »Das können wir.«

»Ja«, sagte Mustafa. »Aber dann brauchen wir auch Stücke, wo wir mehr improvisieren. Vor allem du am Sax.«

»Woran habt ihr gedacht?«, fragte ich vorsichtig.

»An *Giant Steps* von John Coltrane«, sagte Paul. »Und an *Footprints* von Wayne Shorter.«

Schhhh. Ich sog hörbar die Luft ein und machte dabei so dicke Lippen wie Barbie, wenn sie schmollte. Allerdings nicht aus Ärger, sondern vor Entsetzen.

Beides waren Stücke in der klassischen Besetzung. Mit Drums, Piano, Bass und dem Saxofon natürlich. Und außerdem waren beides Stücke, in denen viel improvisiert werden konnte. Besonders natürlich von mir am Saxofon. »Am Sax musst du improvisieren«, hatte Sam immer gesagt. »Es ist, als wärst du der liebe Gott und würdest die Welt erschaffen.« Natürlich machte es unendlich viel Spaß, Ton für Ton eine neue Welt zu erschaffen. Aber es war auch unendlich schwierig. Und wir waren nicht allein, standen vor einem Publikum. Einem Publikum von Musikern, das sich auskannte.

Dann gab ich mir einen Ruck.

»Okay, versuchen wir es«, sagte ich und grinste. »Aber ihr müsst mir versprechen, mit Hakim zu reden und mir diesen Timo vom Hals zu schaffen. Mir geht es nämlich wie ihm: Wenn ich so schwierige Sachen spiele, brauche ich eine angenehme Umgebung und absolut gute Laune.«

Die Mitglieder der Combo lachten und versprachen, mit Hakim zu reden. Dann packte ich mein Instrument aus, und wir begannen zu spielen.

Am frühen Abend traf ich mich noch einmal mit Francesca. Bei mir zu Hause in meinem Zimmer. Es war ein Arbeitstreffen, wir setzten uns an den Schreibtisch und machten angestrengte Gesichter. »Also, was für Geschichten haben wir?«, fragte ich.

»Wir haben einen Kellergang«, sagte Francesca. »Und einen verrückten Waschsalon mit drei noch verrückteren Brüdern.«

»Ja«, erwiderte ich. »Und einer von ihnen scheint dich außerdem sehr zu beeindrucken.«

»Nur kein Neid«, sagte Francesca und fuhr ungerührt

fort. »Weiterhin haben wir die Geschichte eines uralten Bankraubes, ein oder zwei Aktionen im Keller, Herrn Eisenstein mit seiner Musikervergangenheit, das Jugendzentrum mit dem beknackten Timo, eine Jazzcombo und eure Auftritte im Restaurant und im *Kulturkeller*.«

Ich seufzte. »Siehst du irgendwo einen roten Faden?«

Francesca kicherte.

»Du bist der rote Faden. Das Musikermädchen, das hier neu ist. Und von einem Abenteuer ins nächste schliddert. Die **Rockprinzessin vom Westend**. Außerdem haben wir noch die McClary-Brüder auf der Suche nach dem Geld. Und die Kids vom Jugendzentrum: die Mitglieder deiner Combo und Timo.«

»Was hast du nur immer mit diesem Timo«, knurrte ich. »Der Blödmann nervt. Warum soll der in unsere Arbeit?«

Francesca zuckte mit den Schultern. »Wir brauchen einfach noch mehr Infos über all diese Leute. Aber da du in der nächsten Woche wahrscheinlich täglich im Jugendzentrum sein wirst, komme ich einfach auch mal vorbei, mache ein paar Interviews, schieße Fotos und stoße auf Geheimnisse.«

»Apropos Fotos und Geheimnis«, sagte ich plötzlich, knabberte auf meinem Stift herum und legte meine Stirn in Falten. »Es ist doch wirklich komisch, dass das Bild von diesem Idioten bei Herrn Eisenstein hängt. Vielleicht sprichst du einfach mal mit Timo und zeigst ihm das Bild.«

»Da müssten wir aber Herrn Eisenstein bitten, es uns zu leihen«, sagte Francesca, korrigierte sich aber gleich. »Nein, wir fragen ihn ganz generell, ob er uns ein paar seiner Bilder leiht. Wegen unserer Arbeit und so.«

Das war eine gute Idee. Wenige Minuten später klingelten wir im vierten Stock. Der alte Mann bat uns herein, und wir plauderten über den Auftritt im Restaurant und die Karrieren von berühmten Musikern.

»Aus dir wird noch einmal was, liebe Maja«, prophezeite Herr Eisenstein, und dann erzählte Francesca von unserer Arbeit und dass wir auf der Suche nach Menschen und ihren Geschichten waren. »Sie haben so phantastische Bilder aus Ihrem Leben an der Wand, und wir wollten Sie fragen, ob …«

»… ob wir uns ein paar davon für ein paar Tage ausleihen dürfen«, ergänzte ich schnell. »Vorausgesetzt, Sie haben nichts dagegen, dass wir Sie in unserer Arbeit erwähnen. Wir bringen Ihnen die Bilder auch garantiert wieder zurück.«

Herr Eisenstein lächelte. »Warum sollte ich etwas dagegen haben, wenn ich in der Projektarbeit auftauche? Im Gegenteil, das ehrt mich. Nehmt euch die Bilder, die ihr braucht.«

Ich muss nicht betonen, dass ich ein ziemlich schlechtes Gewissen hatte, als ich das Bild von Timo von der Wand nahm. Jetzt erschien es mir ziemlich dämlich, ausgerechnet mit Timo über so einen netten Mann wie Herrn Eisenstein zu sprechen. Aber egal. Das machte sowieso Francesca. Und in ein, zwei Tagen hing das Foto hoffentlich wieder an seinem Platz.

17

IN DEN NÄCHSTEN TAGEN probten wir wie wild. Jeden Nachmittag trafen wir uns im Jugendzentrum und spielten mindestens drei Stunden lang, manchmal sogar vier. Max erzählte uns, dass im *Kulturkeller* schon öfter Talente entdeckt worden waren. Und dass der Typ, der uns angesprochen hatte, auf dem Jazz Festival in New Orleans aufgetreten war. Dort, wo nur die Großen und wirklich Guten spielten.

Wir glaubten Max nicht. Keiner von uns.

Aber seine Geschichten spornten uns an, und wir spielten, bis wir fast umfielen. Und als wir das Gefühl hatten, es könnte klappen, rief Max den Typen an. Und sagte, dass wir kommen würden. Allerdings wollten wir gleich als eine der ersten Combos auftreten. Wegen der Uhrzeit und so.

Lena runzelte die Stirn. »Paul ist sechzehn und Mustafa auch. Alle anderen sind jünger. Ich habe keine Ahnung, ob die uns überhaupt reinlassen.«

»Das tun sie«, jubelte Max und schwenkte sein Handy. »Wir sind angemeldet und spielen um zehn.«

Wir fielen uns in die Arme, und Lena vergoss sogar

ein paar Tränen vor Freude. Aber nur ganz kurz, dann probten wir weiter. Noch eine Stunde. Und noch eine.

In diesen Tagen war ich abends so müde, als hätte ich einen Berg bestiegen. Und meine Finger waren taub und steif wie gefrorene Fischstäbchen. Aber ich fühlte mich gut und war glücklich. Und wenn ich mit Sam telefonierte, hatte ich so viel zu erzählen wie nach einer Wanderung durch den wilden Dschungel oder einer Wildlife-Safari.

Ein paar Tage später war es dann so weit. Ich hatte meinen Eltern gesagt, dass ich bei Francesca übernachten würde, und mein Saxofon im Jugendzentrum gelassen. Von dort wollte Max es in den *Kulturkeller* mitnehmen. Etwas schwieriger war es mit den Klamotten. Meine Mutter guckte ziemlich überrascht, als ich in meinen besten Ripped Jeans und dem Hawk-Shirt das Haus verließ und vorher sogar noch duschte.

»Meine Tochter macht sich schick«, sagte sie. »Für Francesca?« Statt einer Antwort umarmte ich sie und drückte ihr einen Kuss auf die Wange. »Wir sehen uns morgen nach der Schule«, sagte ich. »Also, falls du zu Hause bist.«

Meine Mutter zückte ihren Terminkalender, warf einen kurzen Blick hinein, nickte und wünschte mir einen schönen Abend.

Francesca und ich trafen uns im Restaurant, wo wir noch eine Kleinigkeit aßen. Mit Betonung auf Kleinigkeit, denn ich brachte fast nichts hinunter. So aufgeregt war ich.

Um neun Uhr verließen wir endlich das Restaurant und gingen zum *Kulturkeller*. Er lag ganz in der Nähe des Jugendzentrums und war nur über eine Treppe in einem Hinterhof zu erreichen. Eine unendlich lange und steile Treppe. Die weit hinunterführte in das riesige Gewölbe, die steinerne Halle, die wir ja schon kannten. Wir waren total erstaunt, als wir unten ankamen und alles rot und blau beleuchtet war. Auf der Bühne standen bereits ein Schlagzeug und ein Piano, und an den kleinen Tischen saßen die ersten Gäste. Sie waren alt, viel älter als wir, und manche von ihnen sahen aus, als hätten sie ihr Leben lang Musik gemacht.

»Woran willst du das denn erkennen?«, fragte Francesca.

»Das sehe ich«, erwiderte ich.

Aber eigentlich hätte der Satz lauten müssen: Ich befürchte es.

Meine Knie waren so weich wie Wackelpudding, Francesca besorgte uns zwei Gläser Wasser. Wir setzten uns an einen Tisch und warteten auf die anderen. Glücklicherweise kamen sie bald, und meine Verkrampftheit löste sich etwas. Mustafa, Paul und Max waren auch in Jeans und T-Shirt, nur Lena hatte ein Kleid angezogen, aber das passte ganz gut: eine hübsche Sängerin mit ihrer coolen Band.

Max überreichte mir mein Saxofon, ich strich über

das kühle Blech und wurde langsam ruhiger. Es würde schon schiefgehen, wo gehobelt wurde, fielen Späne. Und außerdem war noch nie ein Meister vom Himmel gefallen, um das Repertoire der dummen Sprüche vollzumachen.

Die Halle füllte sich, das Licht wurde gedimmt, bis wir fast im Dunkeln saßen, und auf der Bühne gingen die Scheinwerfer an.

»Als erste Band des heutigen Abends begrüße ich die *Foreigners*«, sagte jemand am Mikrofon, und die Leute nickten, applaudierten oder hörten gar nicht hin. Sprachen mit ihren Freunden und tranken Bier, während ein paar ältere Herren auf die Bühne stiegen und drei Songs spielten. Die ich allesamt nicht kannte und die mich auch nicht vom Hocker rissen. Die Typen machten ihre Sache ganz gut, aber der Hammer waren sie nicht. Eine gute Vorlage und ein prima Einstieg für mich. Gerade als die McClary-Brüder erschienen (urplötzlich traten sie hinter dem Vorhang hervor, und ich vermutete, dass sie den Gang benutzt hatten, weil Aengus mit seinen elf Jahren sicher nicht reingelassen worden wäre), kündigte der Typ am Mikro unsere Jazzcombo an. »Es sind sehr junge Leute, die uns heute beehren, und ihre Combo hat noch nicht einmal einen Namen. Einen herzlichen Applaus für die sechs!«

Irgendwie gelang es uns, auf die Bühne zu steigen, auch wenn ich mich später nicht mehr daran erinnern konnte, wie. Die Jungs gingen an ihre Instrumente, Tom und ich setzten Trompete und Sax an die Lippen, und Lena nahm das Mikro. Max gab einen Takt vor, und dann ging es los. *Permit me to introduce you to yourself*, unser wunderbares Stück, das wir bereits im Restaurant gespielt hatten. Und als Lena zu singen begann, wurde es ruhig in dem riesigen Gewölbe, unendlich still. Ich bemerkte es gerade noch, dann tauchte ich ab in die Welt der Noten und Klänge. Meine Hände bewegten sich wie im Schlaf, und ich fühlte mich, als würde ich durch Wasser treiben. Sauberes, klares Lagunenwasser, lauwarm und angenehm. Und dann legte ich mich rein, schwamm auf Lenas Stimme zu, spielte, was das Zeug hielt – bis hin zum donnernden Applaus.

»Verflixt, die sind gut«, hörte ich jemanden sagen. Gläserklirren, Lachen, vereinzelte Stimmen.

Dann trat Lena zur Seite, die nächsten zwei Songs spielten wir im Quintett. *Giant Steps* und *Footprints*.

Ich tauchte gleich wieder ab, in das warme Wasser, das mich umspülte, die weichen Töne des Pianos, auf denen ich tanzte, wie eine Nixe, eine klagende Meerjungfrau. Gemeinsam mit der Trompete, einem Delfin, der neben mir trieb. Mit dem ich spielte, den ich anstupste und stoppte, ganz so, als hätte ich das Sagen. Und dann schwamm der Delphin davon, und ich war allein, stand ganz vorne im Rampenlicht, im Sonnenlicht auf Wasser.

»Spiel«, hörte ich Sam sagen. »Hol aus dem Ding alles raus, was es kann, spiel!« Und ich spielte wie auf meinem Luftsaxofon, leidenschaftlich und selbstvergessen, und es gab nichts mehr um mich herum. Nur noch das Wasser, in dem ich schwamm, wilde Klänge und gleißendes Licht, dem ich entgegentrieb. Die letzten Töne zögerte ich hinaus, versetzte sie um Zehntelsekunden, legte mich noch mal rein, und mit dem letzten Takt verbeugte ich mich. Schluss.

Es dauerte Sekunden, bis ich aus diesem Traum erwachte. Sekunden voller donnerndem Applaus.

»Wir waren saugut«, sagte Tom und grinste, und dann stiegen wir auch schon von der Bühne, ich immer noch mit wackligen Knien, aber unendlich erleichtert. Zum ersten Mal hatte ich vor solch einem Publikum gespielt, und der Applaus dauerte immer noch an. Als wir zurück zu unserem Tisch gingen, prosteten die Leute uns zu, und Merlin kam auch noch und beglückwünschte uns. »Ihr habt echt was drauf«, meinte er, und Max strahlte, als wäre er zum Jazz Festival nach New Orleans eingeladen worden. Aber so fühlte es sich auch an.

Francesca hatte uns ein paar Gläser Cola besorgt. »Phantastisch«, sagte sie, und die McClary-Brüder schlugen mir auf die Schulter.

Natürlich mussten wir uns nach all dieser Aufregung noch zwei weitere Gruppen anhören, schließlich wollten wir auch einschätzen, wie gut wir uns insgesamt geschlagen hatten.

»Sehr gut«, sagte plötzlich jemand hinter mir.

Ich drehte mich um und blickte in das Gesicht von Timo.

»Wie bitte?«, fragte ich, doch Timo war schon weitergegangen. Eine Zeit lang sah ich ihn noch in der Menge, aber dann verlor ich ihn aus den Augen, wahrscheinlich hatte er den Keller bereits verlassen. Ich warf einen schnellen Blick auf die Uhr und tippte Francesca auf die Schulter. Die nickte und packte ihre Tasche.

»Wir müssen los«, sagte sie zu den McClary-Brüdern, ich verabschiedete mich von den Mitgliedern der Combo und folgte Francesca die Treppe hinauf und hinaus auf die Straße. Mein Saxofon blieb bei Max, er wollte es heute Nacht noch zurück ins Jugendzentrum bringen.

Auf dem Nachhauseweg plapperten Francesca und ich wie zwei Wasserfälle. Haarklein musste sie mir berichten, wie wir gespielt hatten, wie es sich angehört und wie das Publikum reagiert hatte. Und als sie fertig war, musste sie noch mal von vorne anfangen. Und dann erzählte ich, wie es sich angefühlt hatte, vor so viel Publikum zu spielen, vor jeder Menge Musikern und erfahrenen Leuten. Ich berichtete von dem Gefühl, für fünf Minuten eine Meerjungfrau gewesen zu sein, die neben einem Delfin geschwommen war. In lauwarmem Wasser der Sonne entgegen. Und Francesca staunte Bauklötze. Und beneidete mich ein bisschen. Um das Gefühl, eine Meerjungfrau gewesen zu sein. Und um die Sonne, auf die ich zugeschwommen war.

So ging dieser Abend zu Ende.

Nein, noch nicht ganz.

Eine halbe Stunde später lag ich auf einer Luftmatratze in Francescas Zimmer. Meine Freundin lag in ihrem Bett und fiel sofort in einen tiefen Schlaf. Während ich noch ein bisschen in den Wellen am Strand schwamm und mich dann langsam zurück an Land träumte.

18

»**WIR SIND AM ENDE!**«, keuchte Francesca. Es waren zwei Tage seit unserem Auftritt vergangen, und wir hatten uns für den Nachmittag im Waschsalon verabredet. Auf einen heißen Kakao und ein paar Überlegungen zur Projektarbeit.

»Was ist los?«, fragte ich. Noch nie hatte ich Francesca so aufgelöst gesehen, noch nie so entsetzt.

»Ich habe mit Timo geredet«, jaulte Francesca, und es war wirklich nicht mehr als ein Jaulen. »Und ich habe ihm das Bild gezeigt. Der ist **total ausgerastet**, hat sich das Bild geschnappt, und dann … hat er es zerrissen!«

»O nein!«, stöhnte ich. Innerhalb von Sekunden wanderte die Farbe aus meinem Gesicht auf meine Unterarme und begann zu jucken, ein plötzlicher Anfall von Neurodermitis, wie ich schon lange keinen mehr gehabt hatte. Mir wurde schlecht, und ich musste mich setzen.

»Was sollen wir denn jetzt machen?«, jammerte Francesca, und ich zuckte hilflos mit den Schultern. Aber dann wurde ich wütend. So wütend wie schon lange nicht mehr. »KOMM MIT«, sagte ich, schlüpfte in meine Jacke und verließ den Waschsalon. Natürlich in Richtung Jugendzentrum. Und selbstverständlich, um den Feind zu treffen.

Wir betraten das Jugendzentrum und stiegen in den Keller hinunter. Die Türen der Proberäume standen alle einen Spaltbreit offen, und ein Ziegelstein verhinderte ihr Zufallen. **Achtung, Türen offen lassen, keine Türklinken!** stand auf handgeschriebenen Zetteln und Schildern im Gang.

Wir marschierten von einem Raum in den nächsten und streckten überall unsere Köpfe hinein. Und dann, in einem noch unfertigen Proberaum, fanden wir ihn. Er hielt eine Zange in der Hand und zog Nägel aus einer Holzplatte. Glücklicherweise war er allein.

»Hier bist du also«, fauchte ich und dampfte wie eine alte Eisenbahn. Timo sah uns an und runzelte die Stirn.

»Was wollt ihr?«, fragte er und ließ seinen Blick von mir zu Francesca wandern. Und wieder zurück.

»Du hast ein Foto zerrissen, das dir nicht gehörte«, schnaubte ich. »Dummerweise gehörte es uns auch nicht, und jetzt sitzen wir in der Tinte.«

»Das hätte ich mir ja denken können«, sagte Timo, richtete sich auf und legte die Zange beiseite. »Natürlich steckst du da auch wieder mit drin. WARUM LÄSST DU MICH NICHT EINFACH IN RUHE?«

»Warum hast du das Foto zerrissen?«, fragte ich. »Es gehörte dir nicht.« Ich begann, mich zu wiederholen.

»Aber ich war darauf zu sehen«, erwiderte Timo. »Und es passt mir nicht, dass ihr Fotos von mir herumzeigt, als wäre ich ein Schwerverbrecher. Und dann auch noch versucht, irgendwelche Geschichten aus mir herauszupressen. SEID IHR EIGENTLICH NOCH GANZ DICHT?«

Ich schluckte, kalt erwischt. Denn bei Licht betrachtet hatte der Blödmann recht. Die Sache mit dem Foto war wirklich nicht in Ordnung, und zwar von Anfang an.

Auch Francesca stand das schlechte Gewissen ins Gesicht geschrieben. »Wir wollten dich nicht ärgern«, sagte sie. »Wir haben nur gedacht, nun ja …«

»Ach was«, schnitt ich ihr das Wort ab. »Lass uns gehen. Mit dem kann man einfach nicht reden!«

Und dann zog ich Francesca weg von dieser Baustelle und dem Typen, raus aus dem Jugendzentrum.

»Ich habe auch ein echt schlechtes Gewissen«, sagte ich, als wir nach Hause gingen. »Aber das sage ich dir und nicht dem!«

»Recht hat er ja schon«, erwiderte Francesca. »Er kannte das Bild nicht und hat gedacht, wir hätten es geschossen und gingen damit hausieren. Auf der Suche nach verrückten Geschichten. Der muss ja denken, wir spinnen!«

Meine Wut verschwand langsam, und ich musste lachen. So doll, dass mir die Tränen übers Gesicht liefen und Francesca irgendwann mit einfiel. »Wir beide als Superdetektive«, japste ich. »Und währenddessen krabbeln die McClary-Brüder durch dunkle Keller und suchen einen Schatz. Wahrscheinlich hat Timo recht: Wir haben echt nicht alle Tassen im Schrank!«

»Das Blöde ist nur die Sache mit Herrn Eisenstein«, sagte Francesca.

Sofort wurde ich wieder ernst. »Es gibt zwei Möglichkeiten«, sagte ich. »Wir gehen zu ihm und sagen ihm, dass wir ein Bild verloren haben. Und zwar das von dem Jungen. Oder wir warten noch zwei Tage, bis uns was Besseres einfällt.«

»Wir warten noch zwei Tage«, entschied Francesca.

Worüber ich wirklich froh war. Francesca hatte jede Menge Phantasie, und ich hoffte, dass ihr einfallen würde, wie wir aus unserem Desaster herauskamen.

In diesem Moment fiel mir ein, dass mein Saxofon immer noch im Jugendzentrum war. Und dass ich es unter diesen Umständen auch keinen Tag länger dort lassen wollte.

»Du, ich geh noch mal schnell zurück«, sagte ich, »und hol mein Saxofon.«

»Soll ich mitkommen?«, fragte Francesca.

Doch ich schüttelte den Kopf. »Das schaffe ich schon«, erwiderte ich. Wir umarmten uns, und dann trennten sich unsere Wege. Francesca ging nach Hause und ich zurück ins Jugendzentrum.

Als ich dort ankam, wurde es schon dunkel. Der Herbst forderte seinen Tribut, und die Tage wurden kürzer. Kalter Wind pfiff um die Häuser und verbreitete eine ungemütliche Stimmung.

Um das Jugendzentrum herum war niemand zu sehen. Auch innen brannte kein Licht mehr. Ich schlüpfte hinein, machte Licht und stieg in den Keller hinunter. In den Türen der Proberäume klemmten die Ziegelsteine und verhinderten ihr Zufallen. Vorsichtig betrat ich den Raum, in dem wir in den letzten zwei Wochen geprobt hatten. Ganz hinten im Eck stand mein Saxofon.

Ich wollte es mir gerade über die Schulter hängen, als jemand hereinkam. »Ach, du schon wieder«, sagte Timo. »Das gibt's doch nicht. Raus jetzt hier, ich möchte abschließen.« Er kickte den Ziegelstein aus der Tür und winkte mich aus dem Zimmer.

Doch so einfach war das nicht. Die Schlaufe meines Saxkoffers hatte sich in einem Notenständer verhakt. »Ich krieg den Koffer nicht raus«, sagte ich und zerrte wie wild an der Schlaufe.

»Du meine Güte!«, schimpfte Timo, verdrehte die Augen und machte zwei Schritte ins Zimmer hinein. In diesem Moment fiel die Tür ins Schloss.

Timo griff sich mit beiden Händen an den Kopf und stöhnte. »Eingesperrt«, murmelte er. »Und ausgerechnet mit der **Rockprinzessin vom Westend**. Das hat mir gerade noch gefehlt.«

»Nun krieg dich mal wieder ein«, sagte ich. Es sollte cool klingen. Aber in Wirklichkeit saß mir der Schreck in den Gliedern. »Es wird ja wohl noch irgendeiner vorbeikommen, der hier durchgeht und alles zuschließt. Und der uns dann findet.«

»Hast du Tomaten auf den Ohren?«, fragte Timo und starrte mich an. »Dieser Jemand bin ich. Hier kommt heute niemand mehr.«

Ich zog mein Handy aus der Tasche und warf einen Blick aufs Display. »Vergiss es«, sagte Timo. »Kein Empfang hier unten.«

Ich lehnte mich gegen die Wand und rutschte langsam in Richtung Fußboden. Und als ich auf dem Teppich saß, streckte ich die Beine aus, schüttelte den Kopf, atmete tief durch. Und begann nachzudenken.

Es war schon dunkel und bald Zeit fürs Abendessen. Spätestens dann würden meine Eltern mich vermissen, bei Francesca anrufen, und die wusste ja, wohin ich gegangen war. Vorausgesetzt, heute gab es überhaupt Abendessen und meine Eltern kamen früh nach Hause. Wenn nicht, dann gute Nacht!

Auch Timo hatte sich jetzt auf den Fußboden gesetzt. Am anderen Ende des Raums, so weit von mir entfernt wie möglich. Und damit er mich nicht angucken musste, hatte er die Augen geschlossen. Und so schwiegen wir vor uns hin.

»Wirst du von jemandem vermisst?«, fragte ich. »Also, ich meine, wenn du nicht nach Hause kommst …«

Timo zuckte mit den Schultern und schüttelte den Kopf, dann öffnete er die Augen, und sein Blick klarte auf. »Wahrscheinlich nicht, aber du wirst vermisst. Das ist unsere Rettung!«

Na, wenn er sich da mal nicht zu sicher war.

»Meine Eltern kommen manchmal sehr spät nach Hause«, sagte ich leise. Timo nickte, und dann schwiegen wir wieder.

Es vergingen bestimmt fünf Minuten, ehe Timo das Wort ergriff. »Was machen sie denn?«

»Wer?«, fragte ich. Keine Ahnung, von wem er sprach.

»Na, deine Eltern, was arbeiten sie?«

Ich starrte Timo an und schüttelte erstaunt den Kopf. Der Blödmann wollte offenbar reden, und sogar mit mir. Aber bei Licht betrachtet war es vielleicht nicht die schlechteste Möglichkeit, die Zeit rumzubringen.

»Meine Mutter arbeitet als Kostümfrau«, sagte ich. »Und mein Vater ist Regisseur, da kann es manchmal spät werden. Als wir noch in Berlin gewohnt haben …« Und schon war ich mittendrin in irgendeiner Geschichte aus meiner Berliner Vergangenheit. Über meine Eltern, deren Arbeitszeiten und mich, die Kastanienallee und das Viertel, in dem wir damals wohnten.

Timo hatte wieder die Augen geschlossen und lehnte mit dem Kopf an der Wand, aber er schien zuzuhören und nickte manchmal sogar. Also erzählte ich auch noch von Sam und meinem Saxofon, unserem Übungsraum im Keller und der Katastrophe, die über mich hereingebrochen war, als ich wegziehen musste. »Hier kannte ich niemanden«, sagte ich und berichtete von der neuen Schule, der Projektarbeit und der Tatsache, dass ich alleine arbeiten musste.

»Ich bin auch noch nicht so lange hier«, sagte Timo.

»Du?«, fragte ich verblüfft. Er schien von allen seit Ewigkeiten respektiert und mit dem Jugendzentrum fast verwachsen zu sein. Schwer vorstellbar, dass er nicht sein ganzes Leben in diesem Viertel verbracht haben sollte.

»Woher kommst du denn?«, fragte ich.

»Aus Berlin«, sagte Timo, und ein kleines Lächeln zuckte um seine Mundwinkel. »Genauer gesagt aus der Gegend, wo du und deine Freundin Sam aufgewachsen seid.«

»Ich glaub es nicht«, sagte ich und begann vor Aufregung zu stottern. Und dann musste er mir haarklein berichten, wo er gewohnt hatte, ob er noch Rob, den Fahrraddieb, kannte und vielleicht sogar die *Studios Dock 11* und … Irritiert hielt ich inne. »Welches Instrument spielst du überhaupt?«, fragte ich.

»Gitarre, Bassgitarre und Kontrabass«, erwiderte er, und ich nickte beeindruckt. Das war ordentlich. Deshalb legte er sich also so ins Zeug mit den Tonstudios und arbeitete auch noch abends hier.

»Ich bin vor eineinhalb Jahren hierhergezogen«, sagte er. »Zu meinem Vater, nachdem meine Mutter gestorben war.«

Ich schluckte und wagte nicht, nachzufragen und nichts zu erwidern. Da jammerte ich, weil ich nach München ziehen und auf Sam verzichten musste, und dieser Timo hatte seine Mutter verloren und ganz alleine hierherkommen müssen.

»Willst du davon erzählen?«, fragte ich einfach nur, doch Timo schüttelte den Kopf.

»Ist zu schwierig. Und zu privat.«

Dann sprang er auf und holte aus einem der Koffer eine Gitarre. »Was ist, wollen wir Musik machen? Ich habe dich im *Kulturkeller* gehört, du bist gut!«

Ich lächelte und überlegte kurz. **Warum eigentlich nicht?** Wir würden hier sicher noch ein oder zwei Stunden herumsitzen müssen, und in dieser Zeit konnten wir genauso gut Musik machen.

Timo schlug die ersten Akkorde an. Es war *On the sunny side of the street*, und ich nickte, setzte mein Saxofon an die Lippen, und schon ging es los.

Timo hatte seine Griffe und Akkorde im Kopf, ich allerdings besaß keine Noten, musste improvisieren, und das machte die ganze Sache spannend. »Na, das klang ja mal ganz anders«, sagte Timo, als wir fertig waren. Und wir mussten lachen. »Aber nicht schlecht, du hast wirklich Talent!«

Und so versuchten wir es auch noch mit *Just the two of us* und diversen anderen Songs. Und dann stand er plötzlich auf, holte einen Kontrabass aus dem Schrank, und ich gab ihm die Töne, die er brauchte, um das Instrument zu stimmen.

Er nickte mir zu, und ich fing an mit *Billy Strayhorn* von Joe Henderson und Christian McBride, anschließend spielte ich *Every time we say goodbye* und alles andere, was mir spontan in den Sinn kam. Und Timo begleitete mich im Grundton, in der Terz oder Septime. Und wenn er zum Solo ansetzte, begleitete ich ihn. Und dann wiederholten wir die Stücke, Timo versetzte seine Töne innerhalb eines Taktes und ging in die Kontrapunktik. Wir wurden immer besser und stimmten uns immer mehr aufeinander ab. Waren wir anfangs wie zwei Schmetterlinge nebeneinander hergeflogen, so flogen wir jetzt synchron über und untereinander, mit leicht versetztem Flügelschlag, als warteten wir eine Zehntelsekunde auf den anderen, als gäbe der Flügelschlag des einen dem anderen erst die Kraft für seinen.

Und so spielten wir, bis wir nicht mehr konnten und die Instrumente beiseitelegten.

Wir setzten uns wieder auf den Boden.

»Wir sind gar nicht so schlecht«, sagte Timo und grinste. Er lag auf dem Rücken, hatte die Arme hinter dem Kopf verschränkt, und er sah schon gut aus in dieser ganzen lässigen Art. Mit dem leicht spöttischen Grinsen im Gesicht und seinen dunkelblonden Haaren, die wirr in alle Richtungen standen.

Ich setzte mich neben ihn.

»Könnten wir öfter machen«, sagte ich.

»Dazu müsste ich dich ins Jugendzentrum lassen«, sagte Timo.

»Das müsstest du«, erwiderte ich und lachte. Denn das war wahrscheinlich kein Thema mehr zwischen uns, nicht nach dieser Probe und unseren Duetten. Überhaupt kein Thema mehr.

»Weißt du«, sagte Timo, »als ich dich im *Kulturkeller* spielen hörte, hatte ich nur einen Wunsch: einmal mit dir zusammen zu spielen. Das haben wir jetzt getan.«

»Und weiter?«, fragte ich.

»Jetzt habe ich den nächsten Wunsch«, erklärte Timo. »Ich möchte einmal mit dir zusammen auftreten, vielleicht sogar mit ein paar eigenen Stücken. Im *Kulturkeller* vielleicht?«

Kaum hatte Timo etwas von eigenen Stücken gesagt, griff ich schon wieder nach meinem Saxofon und er nach der Gitarre. Ich musizierte einfach drauflos, spielte, was mir in den Sinn kam, und er begleitete mich. Und andersherum. Dann griff er nach einem Bleistift und schmierte ein paar Noten, Takte und Akkorde an die Wand. »Die wird sowieso noch gestrichen«, sagte er und bepinselte den Putz mit G-Dur- und a-Moll-Akkorden. »Wenn die Wand voll ist, machen wir aber Schluss«, witzelte ich noch, dann versank ich schon wieder in unsere Versuche, in Grundmelodien, Terzen und Septimen. Und so ging es weiter, bis meine Augen vor Müdigkeit fast zufielen. Und als Timo dann auch noch anfing, ausgiebig zu gähnen, beendeten wir unsere Session.

»Was meinst du, ob wir heute noch gefunden werden?«, fragte Timo, schob sich die Jacke unter den Kopf und machte es sich auf dem Fußboden bequem.

»Das hoffe ich sehr«, erwiderte ich und warf einen Blick auf die Uhr. Es war jetzt fast halb zehn. Selbst wenn meine Eltern erst spät nach Hause gekommen waren, mein Fehlen musste ihnen mittlerweile aufgefallen sein. Das hoffte ich jedenfalls, denn ich musste langsam auf die Toilette. Und mein Magen knurrte auch schon ganz ordentlich.

Ich knautschte meine Jacke zusammen und legte mich auf den Boden neben Timo. »Das war schön heute«, sagte ich leise. »Und ich freue mich, dass wir uns besser verstehen.«

Timo griff nach meiner Hand und drückte sie. Und kurz darauf verrieten seine langen und ruhigen Atemzüge, dass er eingeschlafen war.

19

ALS WIR ENDLICH GEFUNDEN WURDEN, war es fast schon Mitternacht. Meine Eltern waren wirklich erst sehr spät nach Hause gekommen und hatten eine Zeit lang gedacht, ich wäre schon im Bett. Natürlich war die Aufregung groß, als sie gemerkt hatten, dass ihre Annahme falsch war. Sie riefen sofort bei Francesca an, und die bekam fast einen Herzinfarkt. Weil sie natürlich glaubte, ich wäre im Jugendzentrum vielleicht Timo begegnet. Und der hätte mich entführt, umgebracht oder was auch immer.

Umso erstaunter war ihr Blick, als sie mich jetzt so im Tonstudio sah: schlafend Seite an Seite mit meinem Entführer. Überhaupt standen plötzlich ziemlich viele Leute im Tonstudio: meine Eltern, Francesca und Hakim natürlich. Außerdem die McClary-Brüder, denn dort hatten meine Eltern natürlich auch nachgefragt.

Timo und ich sammelten unsere Siebensachen zusammen, und dann schleppten wir uns nach draußen und verabschiedeten uns voneinander.

»Und nicht vergessen: Wir zwei treten auf«, sagte Timo.

»Im *Kulturkeller*«, sagte ich und zwinkerte ihm zu.

Und dann umarmte er mich. Einfach so und ganz plötzlich.

Und auf eine seltsame Art ließ mich das nicht mehr los. Als ich zu Hause im Bett lag, fühlte ich mich immer noch umarmt. Und am nächsten Tag in der Schule. Und auf dem Nachhauseweg und auch beim Mittagessen.

»Gibt es so etwas?«, fragte ich meine Mutter zwischen zwei Bissen Pizza beim Mittagessen. »Dass man eine Umarmung nicht vergisst und für immer speichert?«

»Natürlich«, sagte meine Mutter und lachte. Worüber, wusste ich nicht genau. Vielleicht lachte sie mich aus, weil ich so dumme Sachen fragte. Oder sie hatte sich selbst an etwas Schönes erinnert und lachte darüber. Dann stand sie auf und räumte das Geschirr in die Spülmaschine. »Was habt ihr eigentlich die ganze Zeit in diesem seltsamen Raum gemacht?«, fragte sie, und jetzt musste ich lachen. »Musik natürlich«, erwiderte ich. »Timo spielt Gitarre und Kontrabass, und zuerst hat er ein paar Songs angespielt ...« Und dann redete ich wie ein Wasserfall und erzählte von jedem unserer Stücke und wer was gemacht hatte.

Schließlich war meine Mutter schon ganz wirr vor lauter Titeln und Songs, Akkorden und Tempi.

»Es ist ein bisschen schade, dass ich so wenig von Musik verstehe«, sagte sie, stand auf und strubbelte mir durch die Haare. »Jedenfalls scheint dich dieser Typ ganz schön zu beeindrucken.«

Überrascht sah ich sie an. Ja, das stimmte.

Und wäre bis gestern Abend noch völlig undenkbar gewesen.

Nach dem Mittagessen kam Francesca, und ihr musste ich die ganze Geschichte natürlich auch noch einmal erzählen. Dann den McClary-Brüdern im Waschsalon und zu guter Letzt meinem Vater beim Abendessen. Das machte ich dann ganz anschaulich. Mit meinem Luftsaxofon, einer kleinen Performance und allem Drum und Dran. Und schließlich rief ich Sam an. Mein Mund war zwar schon ganz ausgeleiert, aber sie war die Einzige, die vom musikalischen Standpunkt aus verstehen konnte, wie toll der gestrige Abend war. Und welches Glück ich hatte, auf Timo getroffen zu sein.

»Dann hast du endlich einen Ersatz für mich gefunden«, sagte Sam und lachte. »Ausgerechnet den Kerl, der so doof war!«

»Dafür ist er jetzt ganz niedlich«, sagte ich und grinste. Denn niedlich war vielleicht nicht das richtige Wort für einen Typen, der sicherlich schon fünfzehn war und extrem gut aussah.

»Ach, keine Ahnung, Sam. Ich freue mich einfach, dass wir uns so gut verstehen. Und jetzt kann ich nachmittags problemlos im Jugendzentrum üben, und auch noch mit ihm zusammen, das ist wirklich großartig!«

Und natürlich fand Sam das auch.

Und freute sich mit mir.

Weil sie meine beste Freundin war. Und den Typen

unbedingt kennenlernen wollte, wenn sie mich in den Weihnachtsferien besuchen kam.

Gleich am nächsten Tag begannen Timo und ich mit unseren Proben und Improvisationen. Nein, eigentlich mit unseren Kompositionen. Denn die Songs, die wir machten, waren neu. Jazzballaden mit einem traurigen Kontrabass und einem wehklagenden Saxofon. Knackige Rocksongs und Liebeslieder mit sanften Melodien, mit einem zauberhaft weichen Saxofon. Es waren Schmetterlingsflüge, Delfinreigen und Skiabfahrten. In dünner Luft, lauwarmem Wasser und metertiefem Schnee. **Es war Wahnsinn**, was wir leisteten und wie wir uns reinhängten.

Francesca musste ich leider etwas vernachlässigen. Doch das störte sie nicht. Nachmittags ging sie in den Waschsalon, traf sich mit Brendan oder arbeitete mit den McClary-Brüdern an unserer Projektarbeit. »Joint Venture« nannte sie das, ein Begriff, den sie aus den Nachrichten hatte. »Das nennt man so, wenn sich ein Unternehmen noch ein Partnerunternehmen dazunimmt«, hatte sie erklärt, und insgeheim fragte ich mich, womit sie die Brüder geködert hatte. Aber vielleicht machte Brendan es sogar freiwillig, damit er in Francescas Nähe sein konnte. Die Grundlage unserer Arbeit wurden tatsächlich meine Comiczeichnungen. Von einer Zeichnung zur anderen liefen sauber geschriebene Textschlangen, umkreisten die Cartoons, untertitelten sie und machten sie erst richtig spannend. Die Texte kamen von Francesca, das Layout machten Aengus und Brendan.

Aber von all dem bekam ich fast nichts mit. Für mich gab es nur noch die Schule und an den Nachmittagen das Jugendzentrum.

Timo hatte gerade ein neues Stück komponiert, er nannte es den *Westend Blues*, und es war wunderschön.

»Wie machst du das?«, fragte ich. »Hast du das mal gelernt?«

»Nein«, sagte Timo. »Das Musikmachen liegt meiner Familie im Blut …« Er stockte.

»Aber?«, hakte ich nach.

»Kein Aber«, erwiderte Timo. »Ich habe einen Großvater, der Musiker war. Leider habe ich ihn nie kennengelernt.«

»Lebt er noch?«, fragte ich weiter. Einfach weil es schön war, so mit Timo zu reden. Und wir konnten uns mittlerweile schon ganz schön viel erzählen.

»Ich weiß es nicht«, sagte Timo. »Es ist der Vater meiner Mutter. Wir haben ihn ein paarmal besucht, als ich noch kleiner war. Hier in München. Aber dann ist meine Mutter gestorben, und ich kam zu meinem Vater, und nun ja …«

Timo schwieg plötzlich, aber das kannte ich schon. Mit seinem Vater verstand er sich nicht und konnte nicht über ihn reden. Vielleicht hatte sein Vater den Kontakt zum Großvater verhindert oder verboten, wer wusste das schon.

»Jedenfalls ein ganz toller Song«, wechselte ich das Thema, und dann spielten wir weiter bis in den Abend hinein.

Auf dem Nachhauseweg gingen Timo und ich noch im Waschsalon vorbei. Francesca und die McClary-Brüder saßen im Dampf der Heißluftmangel, tranken Tee und strahlten.

»Fertig«, jubelte Francesca und fiel mir um den Hals. »Unsere Arbeit ist fertig, wir haben es geschafft!«

Brendan und Aengus trommelten mit Kaffeelöffeln auf einem Wäscheeimer herum, dann drückten sie Timo und mich in zwei Sessel und brachten uns Tee. Und ich riss ihnen fast die Blätter aus der Hand, so aufgeregt war ich.

»Sieh mal«, sagte ich zu Timo. »So hat alles begonnen.«

Auf einer der ersten Zeichnungen lagen Timo und ich im Matsch auf der Straße. Er mit Rollerblades an den Füßen, ich mit einem bösen Spruch auf den Lippen. **Wild gewordene Chaoten bladen Fußgänger über den Haufen** stand in kleinen Buchstaben unter dem Bild, und dann ging der Text weiter:

Auch in unserer Straße gibt es die Blade-Night. Aber immer wieder kommt es zu Zwischenfällen und Kontakten zwischen Fahrern und Fußgängern. Maja, 13 Jahre alt, erst seit zwei Stunden in München. Und schon am Boden.

Dieser Teil des Textes kringelte sich um meinen Kopf und die zerzausten Haare, was echt lustig aussah. Auch Timo musste lachen.

Und dann kamen die Zeichnungen von unserem Haus in der Parkstraße und ein Bild von Mister Sax.

Maja ist eine begnadete Saxofonistin, lautete der Text. **Doch leider wohnt sie in einer furchtbar langweiligen Straße mit furchtbar langweiligen Leuten. Einzige Ausnahme: Mister Sax.**

Es folgten die Cartoons von dem gemeinsamen Abendessen bei mir zu Hause, von den McClary-Brüdern und Herrn Eisenstein. **Da gibt es noch einen neunzigjährigen Mann, der was von Musik versteht**, stand darunter. Und dem hatten sie eine schwarze Brille aufgesetzt, was echt witzig aussah. Dann kamen die Bilder von Frau Rubens und dem Bankraub: **Einige der Bewohner haben eine seltsame Vergangenheit. So lebte in diesem Haus ein Bankräuber, der in den Neunzigerjahren die Sparkasse an der Ecke um 15.000 Mark erleichterte. Das Geld wurde nie gefunden, aber das hielt die Bewohner des Hauses nicht davon ab, jahrelang danach zu suchen.**

Als Timo die Bilder vom Keller, dem unterirdischen Gang und der erfolglosen Schatzsuche sah, musste er lauthals lachen.

»Ihr habt nicht wirklich danach gesucht?«, fragte er amüsiert.

»Natürlich, du Ungläubiger«, empörte sich Aengus.

»Und wir sind auch noch längst nicht damit fertig.« Das konnte ich mir lebhaft vorstellen, Aengus würde vermutlich Jahre später immer noch suchen, buddeln und gegen Wände klopfen.

»Und jetzt beginnt deine Erfolgsgeschichte«, erklärte Francesca. Es folgten die Bilder vom Waschsalon und meinem Konzert. **Von der Matschbiene zur Rockprinzessin**, hatte Francesca daruntergeschrieben, und ich schüttelte den Kopf. Das war ja kaum zu glauben. **Majas Aufstieg ist kometenhaft**, lautete der Text. **Ihr erstes Konzert gibt sie in einem Waschsalon. Von da an geht es steil bergauf. Sie spielt jetzt in seltsamen Restaurants und schrägen Etablissements.** Anschaulich belegt mit den Bildern vom italienischen Restaurant, den Proben mit der Jazzcombo und dem Auftritt im *Kulturkeller*.

Okay, Francescas Eltern durften diese Arbeit nicht zu Gesicht bekommen, das stand eindeutig fest. Meine allerdings auch nicht, denn von dem Abend im *Kulturkeller* wussten sie nichts.

Den Abschluss machten meine letzten Zeichnungen – von der Nacht im Jugendzentrum: **Glücklicherweise trifft Maja endlich auf eine Person, die etwas von Musik versteht. Nächtelang muss sie nun für ihn spielen, hinter verschlossenen Türen und ohne jede Möglichkeit zu fliehen.**

»Wie bitte?«, japste ich. »Das ist keine Projektarbeit, das ist ein schlechter Witz!«

»Ich finde das gut«, sagte Timo. »Ist doch super gelungen. Und mal was anderes. Nächtelang muss sie nun spielen …«

Die Anwesenden johlten vor Lachen, und die McClary-Brüder lagen fast am Boden. Francesca wischte sich die Tränen aus den Augen. »Ach, komm, Maja«, sagte sie. »Nimm's gelassen. Und stell dir einfach das Gesicht von der Hochholzer vor!«

Das gab den Ausschlag.

Der Hochholzer würde es den Vogel raushauen.

Und allein dafür hatte es sich schon gelohnt.

Jetzt lachte ich auch, bis mir die Tränen kamen, und dann blätterte ich mich durch die Papiere, vor und zurück.

Die anderen hatten recht: Die Arbeit war gut. Extrem gut sogar. Man musste es nur erkennen.

Timo war aufgestanden und guckte mir über die Schulter. Ab und zu tippte er auf eins der Bilder und stellte Fragen, wollte wissen, wann das gewesen war oder ob wir Erfolg gehabt hatten. Mit unserem Auftritt im italienischen Restaurant, zum Beispiel. Dann tippte er plötzlich auf Herrn Eisenstein. »Von dem alten Mann ist ja nicht viel zu erkennen«, sagte er. »Was für Musik macht er denn? Spielt er noch?«

»Das ist der Mann, von dem wir das Foto hatten«, sagte Francesca. »Du weißt schon, das Foto von dir, das ich dir neulich gezeigt habe.«

Meine gute Laune war plötzlich wie weggeblasen.

O nein, das Foto. Und wir hatten uns noch nicht wieder bei Herrn Eisenstein gemeldet, waren ihm immer noch eine Erklärung schuldig. Mein Magen begann zu rebellieren.

Aber auch mit Timo ging eine Veränderung vor. Er starrte auf den Cartoon. »Das Foto habt ihr von diesem Mann?«, fragte er und schüttelte den Kopf. »Das versteh ich nicht. Ich dachte, ihr hättet das Foto selbst gemacht. Ein Schnappschuss mit eurem Handy. Deshalb habe ich mich ja auch so aufgeregt.«

»Nein, nein«, sagte ich. »Dein Bild hing bei Herrn Eisenstein an der Wand.«

»Eisenstein?«, sagte Timo. »DAS KANN NICHT SEIN! Eisenstein? So heißt mein Großvater.«

Ich starrte ihn an, als hätte er verkündet, er wäre der Nachfahre von John Lennon, Dexter Gordon oder Stan Getz.

»Dein Großvater?«, fragte ich. »Der, zu dem du keinen Kontakt mehr hast? Der Musiker?«

Und auch die anderen glotzten Timo an.

»Er hat doch erzählt, dass seine Tochter gestorben ist«, sagte Aengus. »Bei dem Abendessen, erinnert ihr euch nicht mehr?«

»Und dass er leider keinen Kontakt zu seinem Enkel hat«, sagte Brendan.

Francesca schnappte sich schon ihre Jacke. »Leute«, sagte sie, »worauf wartet ihr? Wir müssen zu Herrn Eisenstein.«

»Wir?«, fragte ich. »Vielleicht will Timo ja alleine …«

Timo schüttelte den Kopf und umarmte mich kurz.

»Danke, Maja«, sagte er. »Aber ich wäre froh, wenn ihr mitkommen würdet. Es gibt sicher einige Eisensteins, und womöglich ist er es gar nicht. Ich weiß auch nicht, ob ich ihn wiedererkenne und … überhaupt …«

Also zogen wir gemeinsam los, liefen in den vierten Stock unseres Hauses und klingelten bei Herrn Eisenstein.

»Wir haben Ihr Bild verloren, aber wir haben Ihnen den Jungen mitgebracht«, sagte ich, als Herr Eisenstein öffnete. Seine milchig weißen Augen blickten ins Leere.

»Welchen Jungen?«, fragte er, und Timo trat einen Schritt auf ihn zu. »Ich bin Timo Daxner«, sagte er, doch weiter kam er nicht. Ein Strahlen ging über das Gesicht von Herrn Eisenstein, er breitete beide Arme aus, und Timo lachte und umarmte den alten Mann, lange und ganz vorsichtig. Als hätte er Angst, ihn zu zerdrücken.

»Und Abmarsch«, wisperte ich, und wir vier gingen die Treppe hinunter. Oben fiel die Tür ins Schloss, und wir strahlten uns an, dann gingen wir noch auf einen Sprung zu mir, setzten uns in mein Zimmer und quatschten und lachten, was das Zeug hielt. »UNGLAUBLICH«, sagte Francesca. »Da wohnen die beiden im gleichen Viertel und haben keine Ahnung.«

»Ich glaube, Timo hat wahnsinnig an seiner Mutter gehangen«, sagte ich. »Und mit seinem Vater versteht er sich nicht. Dass er jetzt seinen Großvater …«

Die anderen schwiegen.

Und irgendwie war es ein großer Moment. Für uns alle.

Weil Timo seinen Großvater gefunden hatte.

Und weil schöne Dinge so schnell gehen konnten. Von jetzt auf gleich. Wie zufällig passierten und deshalb fast noch wunderbarer waren.

20

IN DEN NÄCHSTEN WOCHEN passierten viele wunderbare Dinge. Nachmittags probte ich mit Timo im Jugendzentrum, und am frühen Abend besuchten wir unsere Freunde im Waschsalon. Francesca gehörte mittlerweile schon zur Familie McClary wie das Eichhörnchen zum Wald, ein etwas seltsamer Vergleich, aber er passte. Sie half im Waschsalon, schenkte Kaffee aus und verbrachte jede freie Minute mit Brendan. Das hielt zumindest Brendan davon ab, weiter nach dem Geld zu suchen. Und Aengus war auf sich alleine gestellt. In jeder freien Minute verschwand er im Hinterhof oder im Keller, und Frau Rubens lud ihn sogar mal zu sich nach Hause ein, und dort durfte er sich ebenfalls umsehen.

»Soll er ruhig machen«, sagte Brendan gelassen. »Andere Leute sammeln Treueherzen von Tengelmann oder spielen Tag und Nacht Saxofon. Und Aengus sucht eben nach dem Geld.«

»Was soll das denn heißen?«, schnaubte ich. Ich saß im Waschsalon und unterhielt mich mit den Jungs. »Das Sammeln von Treueherzen und mein Saxofon haben nun wirklich nichts gemeinsam.«

»Eben«, sagte Brendan, und Francesca lachte.

Und wenn Timo und ich keine Lust auf den Waschsalon hatten, besuchten wir Herrn Eisenstein. Der war überhaupt nicht sauer auf mich, wegen dem Bild und so. »Du hast ein Foto genommen und mir das Original gebracht«, sagte er. »Ich bin sehr, sehr glücklich und verdanke dir viel!«

Wir konnten ganze Abende lang bei Herrn Eisenstein sitzen und zuhören, wenn er aus seinem Leben erzählte. Natürlich hatte dieses Leben auch einiges mit Timos Mutter und mit Timo selbst zu tun, und diese Geschichten fand ich am spannendsten. Ich erfuhr eine Menge über den Jungen, der mir anfangs den letzten Nerv geraubt hatte. Und den ich jetzt mehr mochte als jeden anderen. Vielleicht, weil ich ihn immer besser kennenlernte. Über die vielen Geschichten, die ich hörte, und natürlich über unsere Musik. Timo schrieb noch mindestens fünf eigene Songs mit wunderbaren Saxofon-Soli, und Herr Eisenstein wurde zu unserem musikalischen Berater. An Tagen, an denen seine Hände beweglicher und die Schmerzen geringer waren, setzte er sich sogar manchmal wieder ans Klavier. Das ging nicht lange gut, aber es half Timo bei seinen Kompositionen.

Timos Vater lernte ich nicht kennen, und ich ging auch nie mit Timo nach Hause. Aber das machte nichts, wir hatten viele Orte, an denen wir uns treffen konnten: den Waschsalon, das Tonstudio, das Wohnzimmer von Herrn Eisenstein und bei mir zu Hause natürlich.

»Wir sind nahezu perfekt«, sagte Timo eines Nachmittags. Wir standen im Tonstudio und packten unsere Instrumente in ihre Koffer.

»Musikalisch?«, fragte ich und grinste.

»Musikalisch und auch so«, entgegnete Timo. Dann nahm er mir das Saxofon aus der Hand und küsste mich. Es war mein erster Kuss, und eigentlich hätte ich in Ohnmacht fallen müssen, aber das tat ich nicht. Vielleicht, weil ich gerade schon drei Stunden Saxofon gespielt hatte und meine Lippen ganz taub waren. Oder weil ich den Kuss schon lange erwartet und mir ganz oft vorgestellt hatte. Er war zwar schön, aber nicht halb so aufregend, wie ich ihn mir vorgestellt hatte.

»Vielleicht bist du nicht verliebt«, sagte Francesca.

Ich glaube, sie fand die Küsse von Brendan ziemlich gut. Und sie war auch verliebt, jedenfalls erzählte sie das dauernd. Fünfmal vormittags in der Schule, dreimal im Waschsalon, und wenn wir uns am Abend sahen, natürlich auch noch mindestens zehnmal.

Ich konnte nichts dazu sagen, außer dass ich Timo mehr mochte als alle anderen. Keine Ahnung, ob sich das noch steigern ließ, ich wartete einfach ab.

Kurz vor den Weihnachtsferien entschied die Stadt, welche Schüler die ersten Preise für ihre Arbeiten gewonnen hatten. Francesca und ich waren nicht dabei.

»Das ist aber schade«, sagte Frau Hochholzer. »Mir hat eure Arbeit nämlich wirklich gut gefallen. War mal was anderes und so frisch!«

In den folgenden Tagen wurde das zu unserem Lieblingsspruch. Wenn wir mittags nach der Schule im Restaurant saßen und unsere Lieblingspizza aßen, sagte Francesca: »Mhm, mal was anderes. Und so frisch.« Und dann bogen wir uns vor Lachen.

»Was hältst du davon, wenn wir Hakim unsere Arbeit geben?«, fragte ich eines Mittags zwischen zwei Bissen Pizza. »Fürs Jugendzentrum, das könnte doch cool aussehen, wenn er das ausstellen würde. Die Flure sind doch ewig lang.«

Francesca fand die Idee gut.

Und Hakim auch.

Wir rahmten unsere Papiere und steckten sie hinter Glas. Und dann hängten wir sie in die Gänge des Jugendzentrums. Wo sie richtig bewundert wurden. Es gab sogar ein paar Kids, die mit Aengus in Kontakt treten wollten. Suchen helfen und so. Aber Aengus verbat sich jede Einmischung und machte alleine weiter.

Am 22. Dezember wollten Timo und ich im *Kulturkeller* auftreten, an diesem Tag sollte auch Sam anreisen. Denn das war so was von klar – bei einem richtigen Konzert musste Sam dabei sein. Zumindest als Zuhörerin. Timo und ich hatten unser eigenes Programm und wurden sogar in ein paar kleineren Zeitungen der Stadt angekündigt. Alle, die wir kannten, wollten kommen – und ich spürte es bis in meine Fingerspitzen: Es konnte nur ein Erfolg werden.

Einfach, weil Timo und ich wie besessen waren und

Tag und Nacht probten. Am Abend vor dem Konzert spielten wir dann alles noch ein letztes Mal durch. In der korrekten Reihenfolge und in dem Outfit, das wir tragen wollten. Timo in dunkler Jeans mit weißem Hemd und ich in einem schwarzen Kleid, das mir bis zu den Knien ging und echt cool aussah. Wir spielten mit einer solchen Hingabe, als wäre es bereits das Konzert. Mit jedem Stück wurden wir noch besser, noch intensiver und beim *Westend Blues* hätte ich fast geweint, während ich spielte. So zauberhaft war die Melodie, so vieles, was ich erlebt hatte und immer noch erlebte, steckte in diesem Song. Timos letzter Akkord, mein letzter Ton – vorbei.

Wir standen ganz still und bewegten uns nicht.

»Wir spielen im *Kulturkeller*«, sagte Timo leise. »Und danach auf allen anderen Bühnen in dieser Stadt. Nur wir zwei.«

Ich lächelte, setzte das Saxofon an die Lippen und spielte die Melodie von *Just the two of us*. Und Timo begleitete mich.

Und dann begann er plötzlich zu singen. Seine warme Tenorstimme verschmolz mit den Tönen meines Saxofons, die Gesänge der Meerjungfrauen, der Tanz der Delfine. Wir glitten durch die Melodie wie durch lauwarmes Wasser.

Timo lächelte mich an, und für einen kurzen Moment dachte ich an Sam. Was hatte sie gesagt nach unserem Ausflug im letzten Sommer? *Jeder hat immer nur sich selbst.* Ich schüttelte den Kopf und hob das Saxofon zum

Schlussakkord. Ich hatte Sam, die ich endlich wiedersehen würde. Ein neues Zuhause in einer Stadt, in der ich mich wohlfühlte. Und ich war Timo begegnet, einem ganz einzigartigen Menschen. Niemand ist je ganz allein, dachte ich. Und manchmal hatte man eben auch verflixt viel Glück.

Pink